Acropolis

FRANK IODICE

ISBN-13: 978-88-943762-9-6

A Jean Vallier
Buon allenatore e ottimo amico.

ANTEFATTI

Il quindici aprile, in un ufficio della MC Lab, alle porte di Monaco, si riunì un'equipe di medici coordinata da Douglas Sarrazino, rettore dell'università e ricercatore del Saint Roch. Da diversi anni, Sarrazino e i suoi colleghi conducevano degli studi sulla cura del diabete ed erano arrivati, quella sera, a una svolta fondamentale.

Erano in quattro: il dottor Costa, un ricercatore portoghese; il dottor Divizio, italiano; il giovane medico nizzardo Olivier Flores; e Sarrazino, responsabile del laboratorio. Flores era stato l'ultimo a unirsi all'equipe, era un collaboratore fidato di Sarrazino, laureato da pochi anni.

Quella sera a Monaco pioveva talmente forte che il mare saliva fino in strada e riempiva qualunque cosa di una vaporosa schiuma bianca. La sede della MC Lab era a due minuti dal porto, a Fontvieille; si sentivano i lamenti delle barche e il vento che si perdeva contro le vecchie case di Cap d'Ail, sui campi da tennis appena tirati a lucido. Il lavoro dell'uomo, al cospetto di quella forza con cui la natura violentava la costa, era messo in ridicolo.

Olivier Flores guardò fuori e sentì il rumore della pioggia più forte e più vicino; i suoi colleghi non sembravano spaventati quanto lui. La decisione che stavano prendendo poteva essere discutibile, avevano intenzione di parlare della loro scoperta al Salone internazionale sul diabete, che si sarebbe tenuto nel palazzo dei congressi di Nizza, meglio conosciuto come Acropolis, il tre maggio dello stesso anno.

Flores prese Sarrazino da parte e gli disse:

«In confidenza, Douglas, io ho paura che sia troppo presto. Può essere pericoloso, sai a cosa mi riferisco.»

Le loro sagome diventarono nere quando si fermarono davanti alla moderna parete di vetro.

«Non importa,» rispose Sarrazino guardando la porzione di porto tra i grossi edifici grigi, «non importa se correrò dei rischi. Ho fiducia nei miei colleghi. Il Signore ci proteggerà Olivier, vedrai!»

Ma il Signore, probabilmente impegnato altrove per questioni più importanti, non protesse nessuno di loro.

I

Il dottor Olivier Flores indossava cravatte di seta e viveva in un palazzo liberty non lontano dal porto di Nizza. All'entrata c'erano targhe nere di avvocati e contabili, le scritte dorate dei loro nomi erano simili a quelle sui loculi nei cimiteri.

Dopo un'ora di esercizio, si tolse la cuffia e rimase per qualche minuto davanti all'enorme vetrata della piscina comprendendo che tutti gli sforzi compiuti per restare una persona gentile si erano rivelati inutili.

Qualche notte prima che questa storia iniziasse, Olivier Flores aveva osservato il giardino sotto il monolocale in cui viveva, del tutto immerso nell'oscurità: i bambini dell'asilo che giocavano e ridevano ogni mattina, di notte non si sentivano più. I suoni di ogni giorno gli facevano paura perché, in un modo o nell'altro, restavano sempre incontrollati. La luce delle altre case, che normalmente passava attraverso le tapparelle, quella notte era rimasta fuori giocando a nascondersi tra le piante mosse dal vento fresco di inizio maggio.

Era stata una notte strana, la luna era rossa. Ne conosceva l'odore, persino i colori, ma fino allora non aveva creduto che sarebbe arrivata così all'improvviso. Olivier Flores aveva sempre pensato di avere il tempo di prepararsi ad affrontare l'indomani gestendo qualcosa da cui in fondo era sempre stato gestito.

Nel suo acquario, un pesce Cometa nuotava con lo stress di una precaria schiavitù. Era il suo esemplare migliore, dimostrava di avere un buon carattere guidando gli altri da un lato all'altro della vasca. Gli oggetti sotto la luce leggera sembravano finti. I respiri di sua moglie si facevano più lievi: era sempre così.

Flores era nato al Saint Roch in un'epoca felice della città. Anche lui era stato uno di quei bambini che si sentivano dal giardino, aveva girato in skate con ragazzi e ragazze senza radici, figli di immigrati, come lui, e quando uno di questi aveva provato a rubargli le sigarette e lo aveva per sbaglio guardato negli occhi, riconoscendo in quello sguardo la stessa fierezza per il proprio Paese, ci aveva rinunciato. Flores era cresciuto e aveva studiato medicina, aveva un bel corpo e una buona testa.

Attraverso il vetro dell'acquario, la stanza appariva più grande; il pesce Cometa aveva nuotato con tutta la sua forza cercando la fine di un'infinita circolarità.

Flores si era battuto per cause nelle quali ormai a Nizza

non credeva più nessuno. Cercava di non pensarci; quello era il passato, faceva parte della sua carriera e delle sue missioni mediche. Adesso le missioni non esistevano più; già solo parlarne era fuori moda.

Aveva fissato le tende, in attesa che il sole le illuminasse e cessassero quelle urla di gioia nella sua testa. Con l'arrivo del giorno aveva sperato che altri rumori le sostituissero. Era sempre successo, fino a quella notte.

Molto tardi, quando già si sentivano dalle case dei vicini i rumori dei tacchi e delle docce, un po' d'acqua era schizzata fuori dall'acquario. Flores aveva sentito le gocce scorrere una per una dal bordo del tavolo e rimbalzare sul pavimento, come se piovesse dentro casa, e si era voltato lentamente per scoprire, con la gioia di un bambino al quale apparisse davanti agli occhi il mare per la prima volta, che il suo pesce Cometa era sparito!

Sua moglie lo aveva guardato; Flores sentiva che lei poteva controllarlo anche con gli occhi chiusi e capiva che il controllo è un sentimento inventato da chi è controllato.

Era rientrato facendo scorrere dolcemente le due porte di vetro della terrazza per non svegliare lei.

Il pesce Cometa era di un rosa pallido, era stato sempre irrequieto. Flores non era per niente stupito, soltanto felice; e mentre il freddo che si era portato addosso si scioglieva con una lieve forza, si era accorto che le gocce d'acqua stavano svanendo nel tavolo bianco e nella luce chiara del mattino. Aveva provato a sedersi, ma l'intorpidimento delle gambe non gli aveva permesso di misurare le distanze e centrare la sedia al primo tentativo; si era tirato su, aiutandosi con un po' di lamenti che avevano svegliato soltanto la parte sinistra del cervello di sua moglie. Una volta seduto, aveva chiuso gli occhi e aspettato che il pesce Cometa ritornasse. Negli occhi sono contenute sempre tutte le risposte.

Sua moglie si era lamentata più attentamente, dosando i movimenti incontrollati delle braccia, dimostrando doti di buona canaglia. L'acqua sotto le dita di Flores dava l'impressione della vita. Le strade che aveva percorso quando era bambino erano tutte su quella terrazza, sotto raffiche di vento educato e casalingo; la trasparenza delle vetrate riproduceva la sua immagine al centro del giardino, come se fosse uno dei bambini sveglio a tarda notte. Aveva sorriso al suo riflesso, il quale stentava a contraccambiare. La penombra rendeva tutto più bello, anche i suoi occhi, che andavano sempre dal lato opposto della testa fin da quando era emigrato ancora nelle braccia di sua madre.

Ripensare agli strani avvenimenti di quella notte con la luna rossa, diede a Flores la certezza che qualcosa di grave stava per accadere. Nel frattempo si era già fatto la doccia e si stava asciugando, quando ritornò in sé e si accorse che l'asciugacapelli fissato alla parete si era spento automaticamente.

Gli spogliatoi della piscina erano divisi in due ali parallele, una per gli uomini, l'altra per le donne; un grosso cartello all'ingresso imponeva l'uso del costume da bagno anche sotto le docce. L'addetta alle pulizie, una donna curiosa, stava spingendo l'acqua in un tombino mentre lo guardava. I muscoli di Olivier Flores erano pieni di ossigeno; anche quella mattina l'acqua aveva rimediato a una nottata insonne e lo aveva preparato ad affrontare gli avvenimenti che, nella maniera più fedele possibile, saranno narrati.

*

Nice Centre

Lunedì mattina, ore 11:15

Il tratto di strada dalla piscina al centro della città, per Olivier Flores, era diventato un percorso quasi immaginario, bastava chiudere gli occhi. Quella mattina, lungo boulevard Risso, gli avevano dato una copia del Nice Matin e lui aveva letto:

SI CHIAMA AGAPI LA GIOVANE GRECA
SCOMPARSA.

SI TRATTA DI UNA RAGAZZA MOLTO
PERICOLOSA!

Diede un'occhiata all'articolo e rallentò il suo passo giocandoci come con i battiti mentre era in acqua. Olivier Flores possedeva i tratti tipici della persona sensibile; conservava per l'acqua un'antica e rispettosa paura, un sentimento del quale non si era mai vergognato.

Nei pressi del MAMAC, il museo di arte moderna e contemporanea che si stava lasciando sulla destra, suonò il telefonino. Prima di rispondere gettò il giornale ma infilò in tasca la pagina con l'articolo. Guardò il numero sul display e rispose:

«Il dottor Flores non c'è, potete lasciare un messaggio, vi richiamerà.»

«È sua moglie che parla! Appena ha notizie di quello scellerato, me lo faccia sapere, siamo in hotel, i ragazzi hanno il pomeriggio libero, poi si riparte.»

«Certamente, farò recapitare il suo messaggio signora. Suo marito sarà felice di sapere che il viaggio è andato bene e aspetterà con ansia il suo ritorno.»

«Un'altra cosa: gli dica che Atene sarà molto più bella dopo questa telefonata.»

«Senz'altro signora, riferirò.»

Rise forte e agganciò. La moglie di Olivier Flores era una donna simpatica, con la quale giocare diventava naturale e piacevole se ci si dimenticava di essere sposati.

Proseguì lentamente fino al quartiere dei musicisti; camminava con grazia, come se fosse ancora in acqua. Una strana aritmia gli procurò quella serie di preoccupazioni che nascono e si alimentano in fondo allo stomaco, senza ragioni precise, come se le ragioni si dovessero cercare soltanto nell'immediato futuro. Arrivato allo studio, in Avenue Clemenceau, si calmò e girò nella toppa una lunga chiave per tre volte.

Le luci erano spente, un pulviscolo familiare gli fece dimenticare quello che aveva in tasca. Il telefono sulla scrivania stava suonando già prima che lui entrasse, ma fece in tempo a sollevare la cornetta:

«Dottor Flores» disse.

«Buongiorno dottore, sono Chamonier Chamarande, il proprietario del Wilson in rue Hôtel de Postes. Si ricorda di me?»

«Ho dormito nel suo hotel ieri notte, Chamonier... Che cosa posso fare per lei?»

«Si tratta di Agapi!, lei è sparita, lei è l'ultima persona al mondo che dovrebbe sparire, e non posso uscire a cercarla perché sto cucinando un dolce per il mio fratellino muto. Anche mio fratello vive qui, deve sapere che lui...»

Flores lo interruppe e gli chiese: «Suo fratello è muto?»

«Sì, lui non parla dal Settantotto, e Agapi...»

«Che cosa è successo ad Agapi?»

«È sparita, è sparita!»

«Chamonier. Ho qui davanti un articolo nel quale si parla della sua scomparsa.»

Proprio in quell'hotel, Flores aveva bevuto un caffè mentre guardava fuggire gli occhi del tale Chamonier da una parte all'altra della stanza, «più o meno come quelli del pesce Cometa sparito dall'acquario,» disse.

La notte trascorsa in quel piccolo hotel era stata breve e calda, una scelta forzata a causa di improvvisi lavori di manutenzione nel suo appartamento. Aveva dormito poche ore, assuefatto dal profumo intenso dei gerani che proveniva da un balconcino pericolante. La porta che dava sul balcone della camera era alta, il soffitto vasto e privo dell'intonaco come quello di un'antica cappella.

«Che cos'è un pesce Cometa?» chiese infine Chamonier. Dalla sua voce s'intuiva l'ansia di chi aveva appena perso una cliente.

«È una varietà di pesce rosso,» rispose Flores, «la più elegante e intelligente.»

«Il suo pesce non c'entrerà con questa storia, dottore!»

«Invece sì, mio caro Chamonier, e se ha un po' di pazienza le spiegherò il perché.»

*

Non pioveva da diversi giorni, l'estate che era alle porte presagiva sopportabili arsure, ma quella mattina la città era ricoperta da un'aria fitta, dalle sfumature tetre.

Olivier Flores vantava una dote preziosa: l'arte della persuasione. Possedeva uno charme tipico del suo Paese d'origine, benché vivesse in Francia sin dalla sua infanzia. Quando uscì, la voce curiosa di Chamonier gli risuonava ancora nelle orecchie. Normalmente, lasciava il suo studio per andare in piscina, intorno alle undici, e qualche volta a ora di pranzo se era invitato da qualche collega alla brasserie de La Nation in Jean Médecin.

A trent'anni, Olivier Flores aveva lo sguardo delicato degli artisti, benché non l'avessi mai visto dipingere o scrivere poesie. Doveva essere un artista di altro genere. Possedeva un acquario curato e una libreria ricca di volumi, testi universitari e saggi medici e scientifici. Aveva capito, durante quella notte trascorsa tra la veglia e il sonno, che non avrebbe continuato a lungo la recita del bravo ragazzo in giacca e cravatta. Alla fine, avrebbe dovuto prendere una decisione. E quella decisione riguardava la sua vita e quella di sua moglie.

La moglie di Flores lavorava come accompagnatrice turistica, era fuori città una o due settimane ogni mese; il suo lavoro consisteva nell'accogliere gruppi di studenti stranieri. Era una donna dotata di fascino raffinato e di una certa elegante sofisticatezza, molto diversa dalle sue precedenti compagne. Vivevano nel monolocale che affacciava sul giardino dell'asilo; da un po' di tempo Flores non riusciva a dormire, c'era qualcosa che lo teneva sveglio. A volte sorrideva al pensiero che di notte contemplasse la finestra della casa e di giorno quella della piscina, che dava sulla città, dal quinto piano del palazzo dello sport. Sua moglie era abituata alla sua insonnia, forse non avrebbe più saputo dormire immersa nel silenzio, senza il rumore delle pagine sfogliate da Flores o gli sguazzi dei pesci nell'acquario. Era una donna paziente, ogni volta che partiva per un tour gli scriveva una serie di raccomandazioni che lui non osservava mai, e, siccome entrambi sapevano che le frasi d'addio erano banali, finivano per avere strane discussioni più o meno di questo genere:

«Mangia qualcosa Olivier, anche soltanto pizza surgelata a pranzo e kebab per cena. Non fare come il tuo solito.»

«Il mio solito, vuoi dire, come quando sono a pranzo col giudice De la Croix o al brunch domenicale a Monaco?»

«Smettila, sai bene che la vita mondana non fa per te.»

«Questo lo dici tu, soltanto perché sei invidiosa di non aver ricevuto l'invito dal Principe e sua moglie!»

Flores si era chiesto spesso in cosa sarebbe incorso quando si sarebbe sposato, e non aveva mai trovato risposte.

La telefonata di Chamonier Chamarande era arrivata lunedì mattina, il primo di sette giorni di solitudine. Flores rimpiangeva di non aver avuto con sua moglie un classico scambio di baci al terminal II come tutte le persone normali. Aveva sempre avuto quel tipo di reazione, la più naturale per qualcuno che si portava dentro addii ancestrali; nel profondo dei suoi ricordi c'era la nostalgia per la sua terra, sentimenti privati che soltanto persone come lui potevano capire. E a Nizza, di persone come lui, ce n'erano molte.

Lungo i marciapiedi, un flusso diligente di pedoni che

andava e veniva lo aiutò a confondersi; i suoi passi diventarono i passi di tutte quelle persone e ciò lo confortava.

Aveva riletto l'articolo e preso un paio di decisioni riguardo a Chamarande, il proprietario dell'hotel.

Il Wilson era uno degli innumerevoli alberghi dei quartieri centrali, interi ammezzati di edifici decadenti, proprietà di ereditieri per fortuna o per astuzia. In ognuno di essi, si sentiva la stessa puzza, quel miscuglio di detersivi acidi che mal celavano pesticidi e ragnatele. I marmi a scacchi bianchi e neri, i quadri blu di Matisse e le piante secche annaffiate di rado.

Quando era bambino, aveva vissuto in bettole come quella insieme ai suoi genitori e ne ricordava l'odore, proprio come ricordiamo i profumi delle nostre culle e i colori delle farfalle che ci volavano sulla testa. Forse per quella ragione, Flores avanzava con una certa ansia al pensiero di ritornare in quel posto. Domenica notte non aveva chiuso occhio a causa di quel misto di ricordi e cattivi presentimenti che aveva provato a descrivere a Chamonier nel corso della loro prima telefonata.

*

Rue Hôtel des Postes: una delle arterie principali, sempre trafficata. L'hotel era davvero invisibile, bisognava conoscerlo per andarci e anche in quel caso ci si poteva sbagliare perché nello stesso immobile c'erano decine di condomini, solitamente colpevoli di vero anonimato.

I passi di Flores erano quelli del medico giovane, pieno di gioia per il suo mestiere, un vento che ti gonfia forte il petto mentre cammini. Sembrava che fosse in acqua e mai come quella mattina gli era sembrato di vedere così nitidamente le piastrelle lisce del fondo; tutto era più vivo quando Flores nuotava o immaginava di nuotate.

All'altezza dei magazzini La Fayette suonò di nuovo il telefonino nella tasca interna della giacca. Rallentò e si guardò intorno, respirando dolcemente, quel tanto che bastava.

«Mi dica Chamonier.»

«Come fa a conoscere il mio nome?»

«Me lo ha detto lei. Perché mi telefona di nuovo?, sto venendo in hotel.»

«Lo so, lo so dottore, ma io non posso lasciare che arrivi qui senza dirle una cosa importante!, non posso, non posso!» Chamarande era disperato, ma quando urlò «non ci riesco dottore, è troppo complicato, È TROPPO COMPLICATO!» sembrava che ridesse.

«D'accordo, ne parleremo tra poco,» rispose Flores stando al gioco, «mi prepari un caffè come quello di ieri.»

«Un doppio espresso senza zucchero! Allora dottore, chi di noi ha la memoria migliore?»

Flores era curioso di scoprire se si trattasse di uno scherzo, ma, arrivato all'angolo prima del palazzo in stile Liberty, si accorse che c'erano i sigilli e un grosso viavai di gente ostacolava il passaggio. Non era uno scherzo. La polizia non lasciava passare nessuno; c'erano tre ambulanze aperte, con le luci accese, in equilibrio sul marciapiede.

«Chamonier. Che cos'è questo caos all'ingresso?»

«È quello che stavo cercando di dirle!, è troppo complicato, oh dottore, la prego, venga su, venga su!»

«Ci sto provando, non lasciano passare nessuno.»

Spense il telefonino e sorrise mentre ripensava alla voce acidula di Chamonier. Poi si presentò a un medico che aspettava davanti alla prima delle tre ambulanze esprimendosi più o meno in questi termini:

«Collega, fammi passare, sono Flores del Saint Roch.»

«Lascia stare.»

«Di' ai gendarmi di farmi entrare, devo parlare col proprietario del Wilson.»

«Il Wilson!, è lì che è successo questo macello!»

Tre ambulanze e un medico che parlava di macelli. Gli chiese ancora di intercedere e dopo una lunga trattativa con i poliziotti e i colleghi dell'ospedale riuscì a ottenere un varco mostrando il suo tesserino dell'Ordine e la sua faccina pulita. Entrò.

Il Wilson era al terzo piano e non c'era l'ombra di un ascensore. Qualunque turista capitato in quell'hotel per caso si sarebbe lamentato; ma quello non era un posto per turisti. Si trattava di uno di quei luoghi di appoggio, di fuga extra coniugale o di copertura. Flores ascoltò i suoni che provenivano dalla strada, un tumulto di gente voleva conoscere i nomi. In quel posto era morto qualcuno e non erano state ancora rese note le identità, altrimenti non si sarebbero sentite urla ma pianti e lamenti.

Le scale erano di quel marmo che gli ricordava l'infanzia e le difficoltà della sua famiglia: c'era odore di canovacci sporchi e acqua piena di polvere.

Arrivato su, senza l'affanno, incontrò di nuovo Chamonier per la seconda volta in vita sua, e capì che alcune persone hanno un ruolo preciso nell'esistenza di altre. Chamonier piangeva, si teneva un lembo della T-shirt nella bocca.

«Venga, venga dottore, la prego!, la prego!»

«Chamonier, si segga.»

Flores prese una vecchia sedia dalla parete temendo che togliendola di lì facesse crollare tutto il resto e gliela porse. Le piante che filtravano la luce erano pulite, si poteva avvertire la cura con cui Chamonier le aveva annaffiate la sera prima; un irrigatore di plastica era ancora sul davanzale accanto all'ingresso, pieno a metà. Flores pensò che una persona così innamorata delle sue piante doveva essere molto innamorata anche dei clienti, benché si trattasse il più delle volte di prostitute, ladri o spacciatori del quartiere Saint Roch.

«Hanno portato via tre dei suoi clienti in ambulanza: erano drogati?»

«Io non alloggio dro-ga-ti!, quelle sono cose che fanno

al Verdun o al Crillon,» disse Chamonier trascinando una parola dentro l'altra.

«D'accordo, non se la prenda.»

Mentre Flores cercava di interpretare quelle frasi mescolate ai singhiozzi, l'andirivieni di medici e poliziotti si affievoliva.

Chamonier era un po' grasso, la sua pancia ricordava una di quelle bottiglie di rosé per una sola persona servita in una borsetta trasparente piena di acqua e ghiaccio. Si tenne alle braccia solide di Flores, sentì l'odore del cloro che il ragazzo, nonostante le docce, si portava sempre addosso. Mentre si calmava, ripercorse gli ultimi anni della sua vita e si fece prendere dal terrore di perdere l'hotel, tutto ciò che aveva. Chamonier Chamarande aveva cinquantasei anni quando incontrò il dottor Flores; da più di dieci, aveva rilevato le stanze più malfamate del quartiere e le aveva trasformate in quel misto di serra tropicale e mercatino dell'antiquariato. Curava personalmente l'arredamento di ogni camera; comprava prodotti di prima qualità per la colazione e accoglieva chiunque gli stesse minimamente simpatico.

Quando Flores aveva dormito lì, non aveva lontanamente immaginato che ci sarebbe ritornato così presto, tanto meno in circostanze del genere. In una sinergia di tremori e timori, Chamonier sembrò percepire quello che il medico stava pensando e tentò di giustificare il disordine come se Flores fosse un cliente importante e volesse farlo ritornare.

«Sono stati loro a distruggere il mio hotel; guardi che

disordine! Adesso se ne sono andati perché non c'è più nessuno da portar via, ecco perché sono andati via, sono andati via, SONO ANDATI TUTTI VIA!»

«Chamonier!, non ho fretta di andarmene finché non l'avrò aiutata almeno a calmarsi. Mi spieghi che cosa è successo esattamente e non mi ripeta più le stesse frasi per tre volte come il grillo parlante. Io non sono né una fatina buona né un burattino con le orecchie di legno.» Finalmente risero: avevano assunto i rispettivi ruoli di medico e paziente.

*

«Cosa pensa che le debba dire?» chiese Chamonier. La calma e il buon umore del ragazzo lo rasserenarono e gli ispirarono una certa fiducia. Un attimo dopo se ne dimenticò.

Flores rispose: «Mi dica quello che vuole, ormai sono qua.»

«È difficile, non so se ne sono capace.»

«Dov'è finito il suo fratellino muto, del quale mi ha parlato prima?»

«Perché mi chiede di lui, dottore?, perché non mi chiede di Agapi?»

«Perché, Chamonier, sia io che lei sappiamo che non si tratta di suo fratello.»

«Come sarebbe a dire!, non capisco dottore.»

«La sua fama la precede; tutti sanno che lei inventa i

nomi dei suoi clienti.»

«Non dia ascolto alle chiacchiere.»

«Non do mai ascolto alle chiacchiere perché sarebbe il modo peggiore di iniziare qualunque analisi, ma la seconda storia, Chamonier, mescolata alle chiacchiere...»

Chamonier si guardò la punta delle dita dei piedi; i suoi sandaletti potevano rivelare ciò che la bocca tendeva a celare. Chiese: «Qual è la seconda storia che le fa dubitare che il cliente della 8 sia mio fratello?»

«Il muto è immischiato in altre storie, altrimenti non sarei qui a parlare con lei.»

«Lei crede!»

«Sì, io credo,» ripeté Flores. «Il muto non è suo fratello, e non è neanche muto.»

«Come fa a saperlo?, lui lo è davvero!»

«Lo so Chamonier, siamo tutti muti quando serve.»

Chamonier abbassò le mani e soffiò forte; Flores immaginò quel soffio sott'acqua. Poi disse:

«Perché mi ha raccontato che non poteva lasciare l'hotel e che aveva un fratello muto dal Settantotto?»

«Dottore, per favore, chiuda la porta e si accerti che nessuno ci ascolti dal ballatoio; vede quella finestra dietro l'orecchio di elefante?, chiuda anche quella e mi raggiunga in cucina.»

Flores intuì che l'orecchio di elefante doveva essere la grossa pianta davanti alla veranda; chiuse le imposte sbuffando e aspettò qualche minuto per essere certo che non ci fosse nessuno nelle scale o sulla porta d'ingresso. Quei minuti servirono a Chamonier per cercare in cucina il registro sul quale erano annotati tutti i nomi dei clienti che avevano dormito in hotel domenica notte.

In fondo alla lista c'era scritto: *# 9, Olivier Flores, bel ragazzo muscoloso.*

La struttura dell'hotel Wilson era circolare. Da un lato c'era la sala, dall'altro le camere e i bagni lungo un corridoio illuminato soltanto per alcune ore al giorno; la più parte del tempo era al buio e nascondeva le porte alla vista di chi si inoltrasse senza chiedere. Chamonier possedeva una quantità di piante di varie specie e le curava costantemente, sopperendo alla mancanza di altri rapporti impegnativi.

Gli edifici antichi di rue Hôtel de Postes avevano caratteristiche riconoscibili come gli alti soffitti e le finestre in stile liberty, talvolta difettose, delicatamente rotte: quasi tutte affacciavano su quei cortili interni, tipici delle città del sud, nascosti dal traffico e testimoni di una certa magia domestica di cui si nutrivano le buganvillee e i gerani dalla veranda.

Alcune camere davano sulla strada principale, ma solo alcune. Le altre godevano della discrezione che molti clienti, da Chamonier chiamati clienti segreti, esigevano e pagavano in contanti. In quell'hotel erano passati sindaci e clochard. Avevano dormito negli stessi letti, ricevuto le stesse attenzioni: caffè caldo e biscotti, frutta fresca, giornali locali e nazionali, la tavola imbandita ogni mattina.

«È lì, Chamonier?» chiese Flores sulla soglia della sala per le colazioni.

Un forte odore di moquette e di mobili marci frenava ogni entusiasmo. Qualunque cosa fosse stato quel posto, ormai ne era un ricordo surreale.

«Venga, venga dottore, le preparo il caffè che le avevo promesso.»

Il tono di Chamonier passava dal materno all'amichevole, ora caldo ora più sottile e giocoso; non era semplice per Flores inquadrare quell'uomo in una categoria di malati ben precisa.

«Grazie, non adesso, ho cambiato idea,» rispose, «sono stato in piscina da poco, finirei per vomitarlo. Lo prenderò più tardi.»

Chamonier lo osservò bene e gli confidò: «Sa cosa penso di lei, dottor Flores?»

«Cosa?»

«Che continua a parlare del futuro, mentre io parlo del passato. Chi dei due è quello strano?»

«Siamo tutti strani,» disse Flores, «ma non tutti riusciamo a trarne profitto.»

Mentre il medico si accomodava alla tavola ancora apparecchiata per una colazione che quella mattina non era mai finita, Chamonier Chamarande gli porse il registro e gli sorrise come uno scolaro diligente che dopo aver fatto il bravo si meritava un bel voto. Flores sollevò le sopracciglia in segno di ringraziamento; entrambi sapevano che cosa c'era scritto. Sotto le dita del medico si appiccicò un po' di miele. Disse:

«C'erano tre ambulanze davanti all'edificio.»

«Lo so, le ho viste coi miei occhi prima di correre su per verificare se Agapi fosse ricomparsa.»

Senza sollevare lo sguardo, Flores domandò: «Ha visto anche il suo amichetto muto quando è venuto su?»

«Dottore!»

«Non menta, me ne accorgerei...»

«Come fa ad accorgersene?, è la seconda volta che ci vediamo! Oh, ho capito, lei per conoscere una persona ci mette pochi secondi, ha la memoria buona e una bella faccia tosta.»

«Che cosa c'è in questo quaderno?»

«Lo sa meglio di me: i nomi delle persone partite stamattina in ambulanza.»

«Il suo hotel verrà chiuso...»

«Ne sono quasi certo, ma non prima di avermi rovinato la reputazione in modo che non possa mai più aprirne un altro.»

«Funziona così nel suo campo?»

«Funziona così in tutti i campi, si chiama malvagità.»

«O cattiva pubblicità.»

«Legga dottore, legga, così la smette di parlare.»

«Dov'è il muto, Chamonier?» domandò ancora Flores.

«Le ho detto che quello lì è mio fratello e che non parla dal Settantotto!»

«La smetta!, o racconterò a tutti che è lei l'assassino.»

«Ma non è vero!!!»

«Lo so. Però lei è un vecchio pazzo e io un giovane medico figlio di papà.»

«D'accordo, le dirò la verità.»

«Non fa nulla, già la conosco.»

«Allora facciamo finta che glie l'abbia detta.»

Flores abbassò di nuovo gli occhi sul registro.

«Vediamo un po', camera 2: Eleni e Vasiliki. Prostitute?»

«Donne d'affari greche.»

«Camera 3: Douglas Sarrazino. Si tratta del rettore Sarrazino?»

«No, ma che dice!, sarà qualcuno che si è registrato col suo nome. Tra i nizzardi di Saint Roch è un gioco diffuso.»

«Non chiede mai i documenti?»

«Mai. Basta che mi paghino in anticipo e possono chiamarsi come vogliono. Perché dovrei privarli di un tale piacere!»

«È vero, perché dovrebbe. Dunque, camera 4: Divizio e Moscatelli. Non mi dica che erano due appassionati di antiquariato e vecchi hotel da restaurare.»

«Era una coppia clandestina, il dottor Divizio era di Milano, sposato da tre anni, me lo ha raccontato un sacco di volte.»

«Adesso che è morto potrà raccontarlo solo a Dio.»

«Come fa lei a sapere che è morto?»

«Era scritto sulla cartella che il mio collega teneva in mano, ho fatto in tempo a leggere due nomi. E dal fatto che fossero chiusi ermeticamente nel sacco blu dei pompieri, ho dedotto che fossero più o meno morti.»

«E per quanto riguarda Dio?» chiese Chamonier.

«A volte ci credo, anche se sono soltanto un cinico psicologo,» ammise Flores.

«Nella 5 c'era Manuel Costa, lo scriva lei dottore. Tenga, questa è la penna dell'Oracolo di Amon. La prenda. Ecco guardi: questo è Zeus, che l'accompagnerà nella sua missione divina!»

«Missione divina… Perché non ha annotato lei il nome di Costa?»

«Non so come si scrive.»

«Di che nazionalità era?»

«Spagnolo, portoghese...»

«Anche lui è morto Chamonier, mi dispiace che sia io a dirglielo.»

«Non si dispiaccia dottore, non era mio amico, conoscevo soltanto il suo nome e non sapevo neanche come si scriveva. Continui a leggere, mi piace come legge i nomi dei miei clienti morti.»

«Camera 6: Tanja Schwarz. Una turista tedesca?»

«Può darsi, l'ho vista soltanto per pochi minuti ieri sera quando è arrivata. Una bella ragazza, viaggiava da molte ore e desiderava un letto comodo, indossava un'uniforme da marinaia, aveva un bel corpicino sottile – beata lei! – e l'aria di voler pagare addirittura in anticipo senza domandare lo sconto. Così le ho dato la 6, in fondo al corridoio.»

«Non si giustifichi Chamonier, è normale che un cliente l'abbia pagata. Dunque, camera 7: Agapi. Oh, finalmente, cominciamo a capirci qualcosa!» Flores alzò le mani dal tavolo.

«Che vuol dire?»

«Questa Agapi, è la stessa della quale parla il Nice Matin?»

«Può darsi,» rispose Chamonier, vagamente distratto.

«Dov'è adesso?»

«E che ne so, io!»

«Chamonier, mi guardi, io non sono un poliziotto e

neanche un assassino.»

«Sì, sì, ci credo.»

«Allora perché non mi ha detto dall'inizio che sei dei suoi clienti erano scomparsi e tre invece, morti così insolitamente?, perché ha lasciato che la notizia si diffondesse sui giornali?, e poi, insomma, dov'è questa Agapi?»

«Basta ridere dottore!, è davvero irritante quando ride. Glielo ha mai detto nessuno?»

«In molti. Mia moglie me lo dice di continuo.»

«Oh, lei ha una moglie?, e dov'è adesso?»

«Ad Atene.»

«Atene, che bei ricordi... Io vivevo in Grecia quando ero ragazzo, molto prima di diventare albergatore, forse anche prima che lei nascesse. Ma lei e sua moglie siete sposati a distanza?»

«No Chamonier, ma che dice?, è lì con un gruppo di studenti, è il suo lavoro, tornerà domenica.»

«Adesso le racconto perché ho diffuso la notizia della scomparsa di Agapi e non ho detto a nessuno delle altre sparizioni, fino a quando hanno trovato i tre cadaveri questa mattina.»

Flores assaporò il gusto solleticante della verità ma rinviò il racconto e proseguì con la lettura del registro: «Camera 8: *Il mio fratellino muto dal '78.*»

Chamonier rise perché a volte scriveva su quel registro

la prima cosa che gli veniva in mente. Poi riprese la sua confessione, prima ancora che gli fosse chiesto: «Agapi è stata la prima a sparire.»

«Non capisco.»

«È uscita, ma non so né quando né il perché. Per questo, la mia è stata una mezza verità.»

«Le mezze verità sono almeno la verità.»

Flores sapeva che per aver annunciato la scomparsa di Agapi sul numero di lunedì, il Nice Matin doveva aver ricevuto l'informazione al più tardi domenica sera. Qualcosa non era chiaro.

«Appena saremo soli, le racconterò anche un'altra storia,» aggiunse Chamonier, il quale parlava sempre come se qualcuno gli stesse per rubare le parole di bocca, «la faccenda delle borsette di marca.»

«Quali borse?»

«Quelle di Eleni e Vasiliki, delle quali le parlerò dopo. E per quanto riguarda la cliente della 7, Agapi, la prego dottore, non mi chieda nulla riguardo a lei perché non avrei idea di cosa risponderle. Io sapevo che se le avessi detto da subito la verità, non mi avrebbe creduto: perché lei la conosceva già. Soltanto con una bugia potevo stuzzicare il suo interesse e farla venire qui. Ma quello che è successo stamattina, glielo giuro!, non l'avevo proprio previsto.»

«È per questo che quando mi ha chiamato urlava e piangeva come un bambino?, non immaginava che dopo la scomparsa di Agapi altre cinque persone sarebbero sparite e tre addirittura morte qui dentro, nel suo piccolo angolo di paradiso?»

«La smetta dottore, la smetta, non mi parli più dei morti.»

«Come preferisce, ne parleremo un'altra volta.»

*

Alla luce di quanto gli aveva raccontato Chamonier tra un singhiozzo e l'altro, tre clienti erano morti e altri sei spariti; sette, se si contava lo stesso Flores, il cliente della 9. Ma in qualunque hotel, una volta partito, un cliente può considerarsi sparito.

Le nuvole che erano calate sulla città non si vedevano più. Sembrava che, una volta partite le ambulanze, queste avessero portato via anche il mal tempo stordendo l'arrivo della pioggia con le sirene.

Flores disse: «Allora, adesso parliamo delle borsette?»

«Non lo so dottore, parliamo piuttosto del pesce Cometa. Perché crede che la sua scomparsa sia legata alla scomparsa della mia cliente?»

«Parla della sua cliente come io parlo dei miei pesci. La sua è una forma di amore rara Chamonier.»

«E lei?, non ama sua moglie, dottore?»

«Questo cosa c'entra?, lei non ama le sue piante?»

«Perché adesso mi chiede delle piante?»

«Perché a una domanda stupida si risponde con una

risposta stupida. Adesso mi racconta la storia delle borsette, Chamonier?»

«Lei non sa quello che c'era nelle borse delle belle Eleni e Vasiliki.»

«Ma forse lo sa lei!» rispose Flores.

«Io le aiutavo soltanto a nascondersi nel mio hotel.»

«Il rettore dell'università era loro cliente?»

«Le ho detto che erano ragazze perbene! Comunque non lo sapremo mai perché il signor Sarrazino è in un sacco di plastica e a quest'ora lo avranno già portato al Roblot.»

«Lei sa che le persone scomparse potrebbero semplicemente essere ritornate a casa loro. Come fa ad avere la certezza che siano sparite?»

«E lei?, è sicuro di chi fossero le salme che ha visto soltanto perché ha letto i nomi sulla cartella medica del suo collega?»

«Sì, solo per questo: Divizio e Costa.»

«Si fidi di me, dottore, nella terza ambulanza c'era il rettore Sarrazino. I flics hanno nascosto i documenti perché per il mio hotel sarebbe una forma di pubblicità non pagata.»

«È possibile che nel terzo sacco ci fosse il rettore,» ammise Flores.

«Ma perché vuole conoscere la verità?, perché ci tiene così tanto a sapere cos'è accaduto qui dentro stamattina? È un hotel dottore, un piccolo hôtel de passe; in tanti anni è successo di tutto tra queste mura, tre morti nello stesso giorno mai, ma le assicuro che ne ho viste anche di peggio.»

«Quando mi ha chiamato, stamattina, le ho parlato di una sensazione strana che non sapevo descrivere.»

«Oui monsieur.»

«Quello che provavo era la risposta alla sua domanda.»

«Odio gli psicanalisti.»

Le porte delle stanze erano aperte, sembrava che le femmes de chambre stessero ultimando le pulizie; si potevano immaginare carrelli e aspirapolveri comparire da un momento all'altro dal fondo del corridoio, montagne di lenzuola sporche dell'amore, trascinate fino al locale di servizio. Invece tutto rimaneva avvolto dal silenzio più ignobile. L'unica traccia che restava delle dieci persone scomparse era quel registro che Flores stringeva in una mano; ci giocava con le dita canticchiando canzonette da cabaret a bassa voce.

Rimasero così, a pensare ad Agapi, per qualche minuto molto lungo. Sapevano che tre di quelle persone erano morte, e che le altre potevano esserlo a loro volta; il pensiero che tra queste ci fosse Agapi, li unì in un ambiguo sospiro.

*

L'obitorio di Nizza, il Roblot, si trovava nel lato opposto della città.

In qualità di medico, Flores avrebbe avuto libero accesso, salvo imprevisti; così decise di andare proprio lì e lasciare Chamonier nella sua desolazione, alle prese con le camere svuotate in maniera così traumatica, con l'accordo di telefonare se avesse notato qualcosa di strano.

Chamonier rimase a fissare le sue statuette greche e la tavola imbandita; un vassoio luccicante, comprato in Turchia durante un viaggio di gioventù, rifletteva il suo volto che galleggiava nell'argento.

Non lontano dall'hotel, all'ingresso posteriore dei magazzini La Fayette, c'era un parcheggio per le moto. Alla sbarra di ferro erano fissate anche due biciclette, la prima con una robusta catena che passava nella ruota posteriore e la seconda con un gancio rigido in quella anteriore. Flores liberò la seconda bici; la ruota rimase appesa alla sbarra interpretando un perfetto ruolo di desolata incompletezza. Poi rubò la ruota anteriore della prima bicicletta e la agganciò alla seconda. Non lo faceva da quando era un ragazzino di strada e assieme ai suoi amici rubava e rivendeva qualunque cosa. Quando si avviò lungo la Promenade, provò i brividi dell'adolescenza e la sensazione di libertà e potere tipiche di quei tempi.

Gli edifici Roblot accoglievano ogni giorno una decina di nuovi clienti, del Wilson o di altri alberghi, senza preferenze.

Pedalò con calma, ammirò persino il mare come se stesse partendo per una gita a Villeneuve o un picnic sulla collina di Vence, invece stava andando all'obitorio per informarsi se il cadavere appena arrivato con la terza ambulanza fosse quello del rettore dell'università e se nei paraggi avessero visto anche gli altri clienti. Il perché si stesse immischiando in questa storia di omicidi e sparizioni, lo comprese qualche giorno più tardi, quando ormai non poteva più fare a meno di andare avanti.

*

Pedalare: un'attività come un'altra, utile per mettere in marcia certi meccanismi. Flores poteva immaginare di essere in piscina, a ogni bracciata sentiva la testa più leggera mentre scivolava lungo la vasca e l'acqua trascinava via ogni dubbio sulla moralità dei suoi ragionamenti. Il vento della Promenade si faceva più forte a misura che si avvicinava alla zona est: era un vento freddo ma buono.

Ripensando al Wilson e alle persone scomparse, Olivier Flores si chiedeva se la loro ricerca si potesse confondere con quella del pesce Cometa. Sapeva che erano collegate, ma non aveva voglia di spiegarlo a Chamonier. Le persone che aveva in mente erano tutte in quel registro, i loro nomi e i loro numeri, come se per analizzare un uomo o una donna fossero sufficienti soltanto un nome e un numero di stanza.

C'era una cosa però che avrebbe dovuto preoccuparlo, se fosse stato uno con la testa a posto: l'ultimo nome in quella lista era il suo, il cliente che aveva dormito nella camera 9, il dottor Olivier Flores. A differenza di tutti gli altri, era l'unico di cui poteva essere sicuro, si chiamava davvero così.

Era capitato per caso in quell'hotel, a causa dei lavori

di manutenzione nel suo appartamento. Ma che tipo di riparazioni erano state effettuate? L'amministratore gli aveva inviato una lettera per avvertirlo: si trattava della sostituzione di alcuni tubi che passavano sulla terrazza; sarebbe durato soltanto qualche ora, ma nella lettera era spiegato che non avrebbe potuto aprire la finestra per tutto il giorno. Siccome quella finestra era l'unica fonte di luce e di aria per il suo monolocale, gli avevano consigliato di andare a dormire in hotel e lasciare tutto chiuso dall'interno; e gli avevano dato l'indirizzo del Wilson.

Si sentiva manipolato da circostanze imprevedibili: cacciato da casa sua per dei lavori improvvisi alle tubature. Adesso che ci rifletteva, era stata una strana nottata quella trascorsa nella camera 9.

Si ripropose di andare a casa, dopo aver finito all'obitorio, per dare un'occhiata alla terrazza. Mi hanno mandato a dormire nel posto più malfamato del quartiere soltanto per risparmiare soldi, si chiedeva mentre pedalava, o piuttosto per il motivo che temo di conoscere? Questa donna della quale Chamonier è tanto innamorato, quale sarà il suo vero nome? Lì dentro i clienti si chiamano come vogliono; a me sarebbe piaciuto chiamarmi Johnatan Flores oppure Jack Flores, ma a ognuno tocca tenersi il nome che ha, altrimenti tutti si nasconderebbero come gli uccelli selvaggi di un boschetto. Ecco la svolta per Sainte Marguerite.

L'interno dei padiglioni di Roblot era grande come il cortile di una fattoria o, più propriamente, di un mattatoio.

Flores lasciò la bicicletta all'angolo con rue Saint Augustin e proseguì a piedi per avere modo di organizzare le sue scuse. Perché avrebbe dovuto interessarsi a Sarrazino? Che legami aveva, lui, con il rettore ritrovato morto in una misera camera d'hotel?

Il Roblot era il luogo in cui si eseguivano le procedure pre e post funerale, le mani più sicure nelle quali affidare i propri defunti, come recitava lo slogan su un manifesto, la nostra missione è di accompagnarvi prima, dopo e durante le esequie. Quando Flores lo lesse, sorrise col suo faccino liscio da bravo ragazzo ripensando a Douglas Sarrazino, un medico rispettato in campo universitario e ospedaliero. Mentre leggeva i nomi degli ultimi arrivati, affissi in alto come i vincitori di un trofeo, con la loro foto e i saluti dei parenti, suonò il telefonino sottile e rispose a voce bassa preparando il tono per quando sarebbe entrato:

«Mi dica Chamonier.»

«È già stato all'obitorio?, devo dirle una cosa importante.»

«Non può farlo dopo? Sono davanti all'ingresso, sento già l'odore delle rose.»

«Oh, io adoro le rose, ma in hotel non posso tenerle perché a volte vengono dei bambini, e i bambini toccano tutto. Una volta, il figlio di una coppia di Lyon si è punto e ha perso due litri di sangue; i genitori erano furiosi, lui era un avvocato, Jean François Ribotti, uno che portava la cravatta anche di notte. Voleva farmi chiudere già allora! Sa quante volte ho rischiato di chiudere questo posto!?»

Flores lo interruppe: «Perché mi aveva chiamato, Chamonier?»

«Credo che non sarei bravo a spiegarlo, o forse lo sarei stato in circostanze normali. Ma lei s'immagina cosa si prova a vedere questi maledetti toccare tutte le mie cose!, stanno prendendo le statuette da collezione e le stanno infilando in piccoli sacchetti di plastica!»

«Li lasci fare, devono indagare, e non si muova di lì o potrebbe essere accusato per la morte dei suoi clienti. Non credo che ci sia qualcuno disposto a testimoniare per la sua innocenza.»

«A dire il vero, c'è.»

«E chi è?»

«Agapi, la cliente della 7, mi ha appena telefonato: sta venendo qua. Ecco quello che volevo dirle.»

Agapi, la ragazza della quale Flores conosceva soltanto il nome e una vaga descrizione fisica, poteva essere esclusa dalla lista. Adesso sapeva che almeno lei non era stata uccisa, e scoprirlo, senza capirne il perché, gli piacque come un gelato di domenica mattina seduto sulla Promenade.

*

Hotel Wilson

Lunedì mattina, ore 6:00

Il rettore dell'università, Douglas Sarrazino, era stato il

primo a essere rinvenuto morto.

Erano circa le sei quando Sarrazino si era alzato per andare al congresso sul diabete, tenuto nel complesso architettonico più importante della città, un gruppo di tre edifici dalla forma templare denominato Acropolis, che conferisce a Nizza il secondo posto dopo Parigi per il turismo d'affari francese. I tre palazzi si susseguono lungo il corso del Paillon, il fiume che scorre sotto la città. Il primo è il palazzo dei congressi, considerato un esempio di urbanistica all'avanguardia in tutta Europa. Il secondo invece è il palazzo dello sport. Non molto tempo prima, vi si erano svolte le finali delle olimpiadi invernali di pattinaggio, al sesto piano.

Un piano più in basso c'era la piscina olimpionica nella quale il giovane Flores andava ad allenarsi.

Chamonier era abile a riconoscere la forma astratta di ogni rumore attraverso le pareti. Sapeva immaginare l'acqua del lavandino che scendeva mentre il rettore si radeva, persino il vapore che stava appannando lo specchio appeso con il silicone alla parete accanto alla finestra. La grossa finestra della camera 3 dava su rue Hôtel de Postes; le tende erano spesse e piene di polvere.

Poco prima che il rettore aprisse la porta per uscire, la luce del corridoio si era accesa e Chamonier aveva già in mano un thermos smaltato di bianco che emanava il suo profumo tostato. Avevano bevuto insieme il primo di una lunga serie di caffè e si erano scambiati poche parole gentili, come due uomini colti o due amici di vecchia data.

Di mattina, Chamonier, forse per l'intorpidimento dei sensi ancora poco svegli, o per la difficoltà che si prova nel pronunciare le prime sillabe della giornata quando la bocca è ancora impacciata e la lingua pesante, sembrava meno matto.

Dopo aver preso la giacca dallo schienale della sedia e tirato un rapido respiro per iniziare energicamente la giornata, Sarrazino si era fermato un attimo sulla soglia. Chamonier stava portando in tavola il resto degli oggetti che ogni mattina facevano lo stesso percorso dalla credenza alla sala da pranzo; in quel momento aveva avuto la percezione che qualcosa di strano stesse per accadere perché l'ospite era ritornato nella sua camera, che si trovava dal lato opposto all'ingresso.

Douglas Sarrazino era rettore da sei anni. In quel periodo aveva contribuito ai programmi d'inserimento per studenti originari di altri Paesi, come Olivier Flores. Era molto conosciuto, proprio come Chamonier aveva raccontato, e prima di diffondere la notizia che era stato ritrovato privo di vita in un piccolo hotel, le autorità volevano vederci chiaro.

Chamonier era convinto che avevano occultato la sua identità quando lo avevano portato via in ambulanza perché, sebbene negativa, era una pubblicità attira-turisti. E negli anni di esperienza alberghiera, aveva imparato che qualunque tipo di pubblicità andava pagato.

Non c'era nessun cliente in giro: o già partiti, o già spariti.

Dalla camera del rettore, dopo un po' che si era assentato, Chamonier aveva sentito un rumore diverso da quelli cui era abituato e aveva avuto la conferma che qualcosa decisamente non andasse bene. Infine, dopo aver più volte bussato alla porta, si era deciso a entrare e aveva trovato il corpo del rettore privo dei vestiti, riverso sul pavimento. Nel lavandino c'era del sangue che emanava l'odore caldo della carne in macelleria. La porta e la bocca di Chamonier erano rimaste spalancate fino all'arrivo della polizia. I documenti del rettore e il suo computer personale, spariti. Eppure Chamonier non aveva visto nessuno né entrare né uscire da quella camera; ne era sicuro, lo aveva detto anche a Flores prima che lasciasse il Wilson.

*

Roblot, Rue Sainte Marguerite

Ore 12:45

Quel lunedì stava trascorrendo lentamente.

Quando di mattina Flores andava in piscina, il resto della giornata gli sembrava veloce perché non c'era più l'acqua a ostacolare i movimenti, ogni distanza diveniva più piccola, ogni frase più concisa, anche la lingua subiva quel processo di liberazione dalle imposizioni che una vita senz'acqua gli avrebbe riservato.

Era davanti alla grossa struttura di Roblot. I cancelli principali, sbarrati; all'interno si sentivano sportelli che sbattevano e bestemmie di chi non doveva mostrarsi gentile con i suoi clienti perché in fondo questi non gliene avrebbero voluto.

Sulla strada laterale c'era una seconda entrata, più piccola; non ci sarebbero passate né ambulanze né carri adornati di fiori bianchi. Flores entrò attraverso una porta di vetro, gli venne in mente la sua finestra e il suo acquario che di notte vi si rifletteva come se fosse sospeso nel mezzo del giardino dell'asilo. Spense il telefonino, giocherellò con il registro del Wilson, un quaderno blu di un formato insolito, aspettando che qualcuno gli chiedesse di andarsene perché era ancora vivo ed era entrato nel posto sbagliato.

Non era mai stato in quel luogo, neanche durante gli studi, quando molti colleghi ci andavano per eseguire gli esami sui corpi veri prima di iniziare con i pazienti nelle sale operatorie.

Dal centro del cortile, un impiegato vestito di nero lo chiamò per farlo avvicinare; gli fece un segno con le dita che si mescolarono come se spargessero del sale, senza dire nulla. Era in corso una cremazione, tutti i parenti del defunto erano riuniti dietro una parete verde.

Flores disse a voce bassa:

«Sto cercando mio fratello, Douglas Sarrazino. Dev'essere arrivato da poco in un'ambulanza del Saint Roch.»

«Lei è un parente?»

«Le ho appena detto che sono suo fratello.»

«Lo so, ma non ha lo stesso cognome, credevo che fosse un fratello di Chiesa; il rettore aveva centinaia di fratelli.»

«Il fatto che avesse fratelli di Chiesa non gli impediva di avere dei fratelli veri.»

«Certo che no!, e vedo dal suo tesserino che lei è anche un medico.»

«Era meglio non mostrarglielo: mi sarei risparmiato questa conversazione.»

«Per quanto mi riguarda, poteva anche entrare e chiedere di farsi cremare vivo.»

«Questo lo avevo immaginato.»

«Allora perché si è avvicinato quando l'ho chiamata?»

«Ero curioso di sapere cosa c'era dietro questa parete vegetale.»

«Ci sono i morti dottore, in questo posto non si può sbagliare.»

«Allora, mi lascia entrare?, o mi getterà nel forno?»

«Passi dottore, non faccia lo spiritoso davanti a gente che soffre.»

«Credevo che non mi sentissero.»

«Infatti non la sentono; quel pannello produce rumore e calore per stordirli e farli soffrire di meno.»

«È uno dei vostri servizi o una casualità?»

«Lo abbiamo scoperto per caso, dopo è diventato un servizio. Bene, buona visita!»

«Vado da questa parte?» chiese.

«No, da quella, dottore. Le ambulanze scaricano sul lato ovest.»

Prima di dirigersi verso la zona indicata, Flores gettò uno sguardo verso la porta d'ingresso e vide un uomo con una folta barba, vestito di grigio. Dapprima pensò che si trattasse di un dipendente che aveva tolto la giacca; più avanti si sarebbe ricreduto.

Nel frattempo, proprio come una pizza infilata in un forno a legna, una bara fu spinta in una cella di mattoni e fiamme vive. Flores osservò attraverso un pannello trasparente, si fece il segno della croce e controllò ancora una volta che tutte le spie del suo moderno telefonino fossero spente.

Il lato ovest di Roblot era quello su cui passava la rampa della superstrada; i rumori delle automobili erano assottigliati dallo spazio desolato che evaporava in maniera pressoché infinita. Flores proseguì lungo il cortile; l'asfalto grezzo si sbriciolava sotto le suole delle scarpe, il vento gli giocava intorno, c'era un silenzio generale nel marasma del traffico fuori dalle mura. Sul retro di un massiccio cancello c'erano le ambulanze; i portelloni erano aperti. Sui padiglioni nei quali si trovavano i cadaveri si distinguevano le incisioni nelle porte morbide di ferro: numero 1, numero 2, numero 3, e così via. Una delle porte era socchiusa, fuoriusciva una luce fuligginosa. Nell'entrare silenziosamente, avvertì l'odore mentolato delle essenze utilizzate per il trattamento dei corpi.

Su una credenza giacevano riviste funerarie poco conosciute nel mondo dei vivi come L'Aldilà o Le Passage, e alcune documentazioni sull'obitorio e la Medicina Legale. All'interno della costruzione di cemento si trovava il rettore Sarrazino.

Due dipendenti lo salutarono con una formula già sentita, del tipo: novità dall'ospedale? Il tesserino dell'Ordine dei medici, che Flores aveva già sfoggiato all'ingresso, li convinse a lasciarlo passare e mostrargli in che direzione erano andati i morti.

«Sto cercando il rettore Sarrazino, è deceduto questa mattina in un hotel del centro.»

«È uguale,» rispose uno degli addetti mortuari. L'altro rimaneva in silenzio, come se tutti i giorni succedesse la stessa cosa: il vivo arriva con la fretta della città per cercare il morto e non si rende conto che la sua corsa è stata inutile finché non ci si trova davanti.

Flores domandò: «Che cosa intende dire?»

«Non ha importanza dove sono deceduti perché, una volta oltrepassato quel cancello, qui dentro sono tutti uguali. Roblot è regolatore di conti come il tempo, o come le tasse a settembre.»

I medici che non hanno interazioni con pazienti vivi, sono simili: si danno da soli le risposte per le diagnosi. Flores pensò ai colleghi della sala mortuaria dell'ospedale, i quali erano anche peggio perché dal piano di sopra sentivano le frenetiche corse sulle barelle, i passi stressati dei parenti fuori dalle sale operatorie oppure le passeggiate dei primari assieme ai gruppi di assistenti; mentre loro facevano la guardia ai cadaveri.

Perciò non badò alle parole dell'operatore e proseguì verso il fondo della sala. I morti appena arrivati erano sistemati dietro una parete di calce, ognuno nella sua celletta numerata.

*

La credenza all'ingresso del padiglione era simile a quelle nelle sagrestie delle chiese cattoliche, di quel legno scuro e umido; le riviste e le locandine pubblicitarie illustravano tutti i tipi di tombe disponibili, i giardini con le rose, rose bianche e rosse come in una commedia romantica, persino le pietre da scolpire secondo i propri gusti, le cosiddette pietre del ricordo. A vederla così, la morte sembrava meno tragica. Lo incuriosì quell'approccio commerciale che purtroppo era necessario perché, con più o meno gioia da entrambe le parti, una lapide deve essere venduta e una vendita, da quando esiste il commercio, richiede un venditore e un acquirente.

Nelle celle di acciaio provvisorie erano conservati i corpi arrivati in ambulanza. Uno degli addetti mortuari lo raggiunse e disse qualcosa: «Ha bisogno di aiuto dottore?» La stessa frase usata dai commessi nei negozi di vestiti.

«Forse sì» rispose Flores. «Avete già ordinato le autopsie o se ne occuperà il Dipartimento?»

«Hanno parlato di morte per cause innaturali; ma è

chiaro che si tratta di omicidio. Il medico legale ha scarabocchiato il certificato di fretta per portarli via il più presto possibile; pare che per gli altri clienti dell'hotel – per loro fortuna ancora vivi – lo spettacolo fosse piuttosto insopportabile.»

«Gli altri clienti sono spariti, l'unico ad assistere al ritrovamento è stato il proprietario, Chamonier Chamarande. Ma credevo che non v'importasse del passato dei vostri pazienti.»

«Ha ragione, non ci importa. Venga dottore, quella è la cella del rettore, la numero 16.»

«Scegliete a caso o c'è un ordine prestabilito?»

«Si sistemano per ordine di arrivo, sono soltanto posti provvisori, rimangono con noi al massimo un paio di mesi, dipende dalle indagini. Al cimitero invece è una storia diversa.»

«Vale a dire?»

«Vede dottore, lì i ricchi sono sistemati in basso e i poveri ai piani alti.»

«Le case dei ricchi in basso e quelle dei poveri in alto: il contrario di quando sono in vita.»

Il corpo del rettore era sporco di sangue, c'erano chiazze raggrumate sul mento e sul collo, erano nere, davano l'impressione della terra. Un'espressione severa trapelava dal volto del defunto, era evidente che non aveva avuto il tempo di abituarsi all'idea di lasciare questo mondo. Il corpo era nudo, una nudità di routine, pensò il giovane Flores, il quale chiese:

«Sono tutti nudi in attesa dell'autopsia e delle procedure di pulizia e imbalsamazione?»

«No dottore, a dire il vero lui è arrivato già così.»

«E quando lo avrebbero spogliato?»

«Questo non lo sappiamo, forse in hotel. A volte tolgono loro i vestiti per cercare di rianimarli o tamponare le ferite, arrivano con i pantaloni tagliati a strisce, sembrano polipi.»

Il dipendente si fece una risata, alla salute di tutti i morti che lo tenevano sveglio da quando lavorava lì dentro.

Flores chiese: «Vorrei parlare con i colleghi che si sono occupati del certificato e del trasporto.»

«Li trova al bar. Ha fame dottore?, l'accompagnamo se vuole.»

«Lasciatemi ancora un attimo con il rettore.»

Il volto di Sarrazino chiedeva a Flores di vederci chiaro. Se era vero che i morti potevano parlare, quell'uomo lo stava facendo supplicando il giovane medico di scoprire chi o che cosa lo aveva spedito in quel frigorifero, così all'improvviso, adesso che avrebbe dovuto essere su un palco del palazzo dei congressi a parlare a una platea di persone che conosceva il suo nome, la sua fama nel mondo della medicina e della ricerca, nonché la sua reputazione in campo universitario.

Flores era nauseato, non aveva mai fatto visita al cadavere di nessuno; ogni volta che nella sua famiglia c'erano stati dei funerali, era rimasto in disparte, nelle ultime file. Si domandava se tre persone potessero decidere di morire nello stesso hotel come se si fossero date appuntamento. Il rettore Sarrazino era completamente nudo, ma indossava ancora gli occhiali, erano occhiali spessi e velati di marrone. Forse, nonostante le cause ancora ignote della sua morte, quell'oggetto, che era diventato un'appendice del suo corpo, gli era rimasto fedele anche in quella circostanza.

Adesso Flores era solo, i guardiani erano usciti fischiettando, dovevano decidere su quali squadre puntare; di fronte alla struttura di Roblot c'era un'edicola dove si compravano le schedine per il calcio scommessa.

Tirò fuori il telefonino e lo accese senza che suonasse per non disturbare il riposo del rettore. Una volta composto il numero del Wilson, che era ancora in cima alla lista, a voce bassa, reggendosi al lettino di ferro venuto fuori come una lingua dalla celletta numero 16, ruppe il silenzio e disse: «Pronto Chamonier, mi sente?, sono io, devo chiederle una cosa.»

Chamonier Chamarande, a cinquantasei anni, ne aveva sentite tante di storie strane. Ogni camera ne custodiva molteplici, e per quella ragione gli piaceva arredarle con gli oggetti trovati nei suoi viaggi o lasciati dai clienti che si erano affezionati e conoscevano la sua passione per le piante e i pezzi da collezione. Gli oggetti gli ricordavano quelle storie. Infine, dopo dieci anni trascorsi così romanticamente, tre persone erano state assassinate e avevano suggellato con la loro morte la fine della carriera alberghiera di un uomo che in fondo amava quello che faceva anche se in maniera del tutto personale. I sigilli lasciati dalla polizia sembravano i nastri di un regalo enorme. I gerani non ricevevano la loro acqua da due giorni. Nel mezzo della sua tragica constatazione di ciò che aveva intorno, Chamonier rispose al telefono con una formula che era forgiata nel suo vocabolario:

«Hôtel Wilson! Chamonier à votre service.»

«Pronto Chamonier, mi sente?, sono io, devo chiederle una cosa.»

«Mi dica dottore, come posso aiutarla, oggi, nel giorno più brutto della mia vita? Sa che sono tutti fuori per il pranzo?, mi hanno chiesto se volevo unirmi a loro, come se si potesse fare una pausa durante la propria sofferenza, mangiare, e poi affliggersi di nuovo. Adesso torneranno per proseguire le loro indagini. Nella camera del rettore hanno trovato sangue dappertutto, mi hanno chiesto il permesso di strappare via la moquette per portarne dei campioni in laboratorio, e sa cosa hanno trovato sotto? I disegni dei bambini che vivevano qui prima che ristrutturassi l'hotel.»

«Avete incollato la moquette senza pulire quello che c'era sotto?»

«Ho pagato un'equipe di armeni che per quattro soldi mi ha rimesso a nuovo le camere in una settimana.

Cosa vuole che le dica?, quando ho visto quei disegni mi sono commosso!, credo che sia una reazione del tutto normale, non è così?»

«Non so.»

«Come sarebbe non so?, non è una risposta da psicologo non so!»

«Lasci perdere le risposte di noi medici, pensi piuttosto a scoprire perché i cadaveri erano nudi.»

«Nudi?»

«Sì, nudi e sporchi di sangue.»

«Lei li ha visti?»

«Ho appena visto quello di Sarrazino.»

«E come sta?»

«La smetta Chamonier, sta sicuramente peggio di lei.»

«Lo dubito, comunque cercherò di impicciarmi un po' di quello che si bisbigliano i flics mentre continuano a distruggermi l'hotel.»

«Non se la prenda con loro, stanno facendo il proprio lavoro. Ricompreremo le statuette greche e la penna dell'Oracolo di Amon.»

«Quella l'ho data a lei.»

Flores poteva capire come si sentiva quell'uomo nel vedersi portare via gli oggetti cui teneva tanto e lasciare smembrare i pavimenti e le pareti della dimora condivisa con tante persone. Doveva essere straziante, proprio come, da bambino, lui aveva visto i suoi genitori patire fame e freddo. Le parole di Chamonier gli fecero tornare in mente l'infanzia e le innumerevoli stanze d'hotel nelle quali era cresciuto. Flores era figlio di emigranti, portava con sé l'antica nostalgia per una terra lasciata ancora prima di nascere. Era cresciuto in squallidi hotel dei quali ricordava ancora l'odore; forse anche lui aveva disegnato sui pavimenti, e ogni parola di Chamonier assumeva così pericolosi valori evocativi; forse lui poteva credergli quando affermava che l'hotel era la sua casa e gliela stavano portando via pezzo per pezzo.

«Agapi è già arrivata?» chiese infine.

«Sì, è accanto a me,» rispose Chamonier, «sta facendo farfalle col nastro giallo della polizia.»

*

Prima di andare a controllare il suo appartamento, Flores decise di passare per il bar di rue Sainte Marguerite, che distava pochi metri. Si era occupato lui stesso di far scivolare la lastra di acciaio sulla quale giaceva il corpo di Sarrazino e richiudere la cella come avrebbe saputo fare qualunque buon medico. Uscì dal padiglione, attraversò di nuovo il cortile e s'infilò nella porta a vetri presso la quale non trovò nessuno ad augurargli un buon ritorno. Differenza fondamentale tra un obitorio e un hotel.

Il bar dove i periti e i colleghi medici stavano pranzando era luminoso. In quella zona della città, oltre al forte vento, c'era sempre molto sole e alle porte dell'estate le vetrate di quel posto brillavano come il mare sotto le carezze di una luna grande e piatta. Su entrambi i lati c'erano le vetrine dei negozi funerari piene di lapidi e placche di marmo nero. A Flores tornarono in mente le scritte dorate sul portone del suo palazzo. Era una zona poco trafficata; soltanto chi ne aveva bisogno pranzava lì, nessuno si sognava di uscire il lunedì mattina e andare a mangiare nel bar di rue Sainte Marguerite, a meno che non fosse un medico incaricato di indagare sulla morte di tre clienti di un hotel, o uno dei restanti clienti, sopravvissuto a quella strage.

Proponendosi di non raccontare quella parte della storia, Flores si avvicinò al tavolo al quale sedevano i tre medici, ognuno col proprio tiepido pranzo, e si presentò:

«Buongiorno, sono Flores, del Dipartimento di Psicologia. Cerco il medico legale che si sta occupando di Douglas Sarrazino.»

«Da dove vieni Flores?, lavori al Saint Roch?»

«Ci ho svolto il tirocinio, adesso esercito in uno studio privato.»

«Così giovane e hai già uno studio tutto tuo.»

«Presumo che il medico che sto cercando sia lei.»

«Da cosa lo deduci?»

«Voialtri non avete peli sulla lingua.»

«Siamo abituati a parlare con i morti. A loro puoi

raccontare quello che vuoi, sono sempre d'accordo con te.»

«Anch'io la pensavo così, fino a stamattina.»

«Siediti, prendi un caffè.»

Flores si unì a loro, il locale era semi vuoto, c'era spazio a sufficienza.

«Grazie, un doppio espresso.»

«Spiegaci, Flores.»

«Ho visto il corpo del rettore.»

«E cos'aveva di strano?»

«Dubito che fosse d'accordo con quello che gli ha raccontato. Non mi dava l'impressione di uno disposto ad ascoltare, benché in vita avesse questa pregiata qualità.»

«Ce ne stiamo occupando, c'è un'inchiesta, ci hanno incaricati di sottoporlo a esami dettagliati. Lo avevi in cura nel tuo studio privato?»

«No, l'ho conosciuto all'università. Grazie alla borsa di studio istituita da Sarrazino ho potuto laurearmi e svolgere quest'attività. In un certo senso, devo ringraziare lui se oggi sono un medico.»

Flores raccontò a quei colleghi la storia della borsa di studio per non raccontare la verità sull'hotel e sulle sue ricerche. Ai tavolini accanto, coppie di anziani pensionati succhiavano dai loro cucchiai e tossivano talvolta perché rischiavano di affogare per l'avidità.

L'odore di omelette e aceto balsamico era forte e disgustoso. I volti, nonostante la condizione di serenità che avrebbe dovuto contraddistinguere la loro età, sembravano arrabbiati.

Il medico legale incaricato dell'autopsia sul corpo di Sarrazino si chiamava Vicky Di Mello, era un uomo alto, di un certo fascino trasandato, con pochi capelli neri e due occhi tranquilli; teneva una sigaretta accesa rivolta verso il pavimento e non aveva l'aspetto di chi morisse dalla voglia di finirla. Aveva invitato il ragazzo a sedere al loro tavolo, gli aveva offerto un caffè e rivolto piccole domande cui si poteva rispondere in numerose maniere. Di Mello aveva chiesto chi lo aveva lasciato passare all'entrata del padiglione e indicato la cella del rettore. Dopo avergli raccontato com'erano andate le cose e aver risposto alle sue domande con altre domande, però, ne arrivò una che Flores individuò da subito come la più semplice e anche la più pericolosa:

«Come hai fatto a sapere che Sarrazino è morto? La polizia non lo renderà noto fino a domani. L'hotel nel quale è stato ritrovato è sotto sigilli e, a parte me, nessun medico a Nice sa che il corpo si trova al Roblot.»

Olivier Flores aveva un'altra dote. Oltre alla già citata arte persuasiva, era dotato di gambe forti; aveva sempre praticato sport fin da giovanissimo, nuotava e correva regolarmente, non era mai fuori forma, mai avuto la pancia o il mal di schiena. Adesso stava per mettere in pratica quegli anni di esercizio. Non dubitò a lungo, dopo aver posato delicatamente la tazza ancora calda, per metà fuori dal tavolino, fece un sorriso cordiale come se stesse per rispondere a quella finta domanda. In realtà, aveva capito subito che quell'uomo lo stava accusando: era impossibile che lui fosse a conoscenza della morte di qualcuno la cui identità era ancora segreta, a meno che non fosse direttamente implicato in quell'omicidio. La sua buona fede si dissolse come il burro che scivolava verso il centro di quei piatti.

Erano in attesa di una spiegazione. Che cosa avrebbe potuto raccontare? Che aveva dormito nello stesso hotel?, che nella lista dei clienti ammazzati e scomparsi, c'era anche il suo nome?, o forse che la lista era proprio in quel quaderno posato sul tavolo sotto i loro nasi?!

L'ultima cosa che desiderava era diventare un indiziato per quel triplice omicidio. Così, forse perché da troppo tempo voleva togliersi di dosso i panni del medico modello e cacciarsi in qualche brutta avventura, Olivier Flores scivolò fuori dal tavolino del bar e schizzò via così velocemente che i suoi colleghi non fecero neanche in tempo ad alzarsi e rovesciarsi il caffè bollente addosso, che lui già svoltava l'angolo in direzione Promenade.

Nella sua mente faticava a cancellarsi l'immagine del volto di Sarrazino, contorto in quella smorfia di dolore, che implorava giustizia o, almeno, verità.

*

Vicky Di Mello non era un uomo sospettoso. Se aveva tratto quelle conclusioni, era perché il ragazzo gliene aveva dato modo. Il suo comportamento era stato insolito. Ma per i dipendenti dell'Istituto Medico Legale tutti i comportamenti sono insoliti; si danno sempre troppe arie, a volte perché avere a che fare con la polizia mortuaria e collaborare alle indagini sugli omicidi rischia di farli sentire su un gradino più in alto rispetto a quelli che invece prendono il caffè nel cortile dell'ospedale senza neanche togliersi le ciabatte ortopediche.

A quella reazione improvvisa di Flores erano seguite altre reazioni, tutte più prevedibili, come accade quando si cerca di ripararsi da un colpo di vento che è già passato. I pochi presenti non badarono ai rumori. Alzandosi così, uno dopo l'altro si rovesciarono addosso il contenuto dei piatti trascinandosi dietro i piedi di plastica del tavolino. I medici avevano cercato di fermarlo, ma, vista l'agilità del ragazzo, ci avevano rinunciato ed erano tornati al Roblot per controllare che nessun documento fosse sparito. Dal Dipartimento di Medicina Legale, in tal caso, avrebbero tirato loro le orecchie e avrebbero smesso di sentirsi tanto speciali.

*

Nice - Promenade

Ore 13:40

Flores aveva già percorso gran parte della Promenade, sembrava che non lo avessero seguito, né a piedi né in macchina: inseguirlo a piedi era escluso, dopo tutti quei toast imburrati che avevano mangiato già prima che lui arrivasse. Rallentò la corsa mentre riprendeva il controllo dei battiti, non tanto accelerati dal movimento quanto dall'emozione della fuga, poi telefonò ancora una volta a Chamonier.

Al suono della sua voce acuta, si sentì già in hotel. Immaginò la luce morbida tra i gerani, le tazzine di ceramica sul tavolo e i vassoi pieni di croissant.

«Ha guardato nelle camere come le avevo chiesto?» gli domandò.

Chamonier sembrava scosso, non fingeva neanche di nasconderlo. «Certo dottore; cosa crede che abbia fatto per tutta la mattina!!!»

«E allora? Che cosa ha scoperto?»

«Nelle camere o nel resto dell'hotel? Perché non sa quello che ho trovato sulla veranda!»

«Incominci dalle camere.»

«Perché sta correndo?»

«Cosa le fa pensare che stia correndo?»

«Ha l'affanno.»

«E chi le dice che ho l'affanno perché sto correndo?, potrebbe essere che stia facendo l'amore.»

«Sta facendo l'amore mentre corre?!, oh!, ho capito, sua moglie è tornata da Atene.»

«No, no Chamonier, la prego, mi dica se ha notato qualcosa di insolito nelle altre camere.»

«Credevo di raccontarglielo al suo ritorno, mi sarebbe piaciuto presentarle Agapi.»

A malincuore Flores rispose: «Devo prima controllare qualcosa a casa mia.»

Chamonier cambiò il tono della sua parlata musicale.

«Dottore, in queste camere hanno ammazzato tre persone e altre sette sono sparite.»

«Beh, se Agapi è con lei e io sono qui al telefono, gli scomparsi diventano cinque.»

«Le ho già detto che le camere sono piene di sangue?»

«Sì.»

«In quella di Sarrazino hanno trovato delle tracce persino sotto il soffitto! Io non so che cosa sia successo ieri notte, glielo giuro.»

«Anche a me piacerebbe scoprirlo, Chamonier.»

«Ho chiesto ai ladri di statuette, mi hanno spiegato che il sangue ritrovato era perlopiù all'interno del lavandino. I miei lavandini sono di autentica ceramica vietrese con fantasie floreali azzurre, li ho fatti arrivare direttamente da negozio di Sorrento nel Novantacinque. Inoltre, sembra che tutti e tre i miei clienti siano morti dello stesso male, ma non si sa ancora quale.» Dopo una pausa Chamonier aggiunse: «Che ci va a fare a casa sua?, venga qui dottore, ho preparato i biscotti alla cannella.»

«Il suo hotel è sotto sigilli e le lasciano usare il forno?»

«Ho chiesto il permesso ai flics quando mi hanno dato la bella notizia.»

«Quale bella notizia?»

«Non gliel'ho ancora detto? Poiché vivo nella camera 10, me la lasceranno usare!, a patto che tutte le altre restino chiuse e che il Wilson non esita più.»

«E per festeggiare ha fatto i biscotti.»

«Che c'è di male!»

«La puzza, i nastri, il viavai di medici e poliziotti. A me verrebbe la nausea.»

«Forse perché non è casa sua.»

«Le hanno detto perché anche Divizio e Costa sono stati ritrovati nudi?»

«No, nessuno lo sa. Mi hanno soltanto fatto il terzo grado perché pensavano che organizzassi ménage!, e per questo i miei clienti erano nudi.»

«Non se la prenda Chamonier, la fama del suo hotel la precede. Non crederà che quel posto sarà ricordato soltanto per i gerani fioriti e il caffè sempre caldo?»

«Quando ha finito a casa sua, l'aspetto. Faccia presto o Agapi andrà via!, non so quanto tempo si tratterrà, lei odia i luoghi troppo affollati, forse è per questo che era sparita.»

«Ha scoperto qualcosa sugli altri clienti?»

«La signorina Schwarz lavora a bordo di uno dei più

grandi yacht privati al mondo, il V, di proprietà di quel multimilionario greco, quel Parasko, Parasky…»

«Paraskevopoulos, ho letto un articolo su di lui.»

«Sì, quello lì, quello lì. Come lo conosce?»

«Ho letto qualche articolo,» ripeté Flores.

«Nella camera della signorina ho trovato la fattura del Meridien, un banale quattro stelle sulla Prom. Telefonerò per scoprire se possono dirmi dove trovarla.»

Le famiglie lungo il mare sembravano più unite, gruppi di biciclette che andavano a passeggio incrociavano il medico mentre parlava con l'albergatore.

«Intuisco che non corre buon sangue con i suoi colleghi del quattro stelle... Ma forse loro hanno un vero registro.»

«La smetta dottore!, una camera in un vero hotel costa tre volte di più che da me.»

«Vada avanti.»

«Dunque, l'amante del dottor Divizio, l'italiano, come si chiamava?»

«Moscatelli.»

«Sì, il signor Moscatelli è partito ieri sera, è tornato in Italia, mi ha telefonato da Milano per scusarsi perché non ci eravamo salutati. Lui non sapeva nulla degli omicidi.»

«E lei non glielo ha detto.»

«Neanche per sogno!, perché avrei dovuto rovinargli le vacanze?»

«Non ne avevo dubbi Chamonier.»

«Per quanto riguarda le mie due belle amiche, Eleni e Vasiliki, solo gli Dèi sanno dove si saranno cacciate!, non le vedo dall'altro ieri, da prima che lei arrivasse al Wilson. Sono tutti, mi sembra, ha lei la lista dottore.»

«Ne manca uno.»

«Sì, Agapi, Agapi, lo so, lo so, ma andrà via prima che lei arrivi, vedrà. E così non mi crederà.»

«Chamonier, le ho già detto cosa penso: i clienti partono, vanno via, si cena, si dorme e la mattina dopo si riparte.»

«Non la faccia così semplice dottore.»

«Chiami l'hotel quattro stelle e chieda informazioni sulla Schwarz. Appena ho finito a casa mia, passerò a trovarla. E mi conservi qualche biscotto.»

«Ci proverò dottore, ma quando sono triste li mangio tutti.»

Ripensare al suo monolocale lo fece ripartire a ritmo sostenuto verso il quartiere del porto. Nella corsa, Flores non si rese conto di aver perso il tesserino dell'Ordine, né che alle sue spalle, nascosto tra la folla, c'era lo stesso individuo con la barba notato all'ingresso di Roblot, di carnagione scura e con i tratti del volto squadrati. Visti così, erano entrambi riconoscibili perché correvano come tanti altri lungo il mare, ma erano gli unici a farlo con vestiti eleganti addosso.

*

Nice - Vieux Port

Ore 14:20

L'appartamento di Olivier Flores era stato lasciato con le imposte ben chiuse da due giorni. L'edificio era di proprietà della Chiesa Anglicana, ne conservava lo stile. Il liberty, più diffuso nel centro, in alcune zone si mescolava a stili provenienti da tutt'altre mani ed epoche. Nice a volte può sembrare una città versatile, almeno dal punto di vista architettonico.

Al primo piano Flores incontrò uno dei vicini.

«E con l'appartamento come va?»

Mentre parlava con il vicino, si spensero le luci. Flores le riaccese; in quel breve attimo in cui tutto divenne buio provò una sensazione di vera gioia.

«L'appartamento è in buone condizioni,» rispose.

«Intendevo dire: è un po' piccolo per due persone.»

«Dipende da quanto si amano e si sopportano.»

«Lei è molto romantico dottore.»

Al secondo piano c'era il suo monolocale, la porta era bianca e incorniciata da quattro assi in stile tipico nizzardo. Non trovò subito la chiave giusta, ebbe come l'impressione di introdursi in casa di qualcun altro. Appena entrato, Flores superò la sala e aprì la grossa finestra. Non si spiegava ancora l'assenza del pesce Cometa.

Sulla terrazza non c'era nessun segno di manutenzione, Flores non riuscì a capire dove e in quale maniera avessero eseguito i lavori descritti nella lettera dell'amministratore. Persino le piante di gelsomino, che si arrampicavano su tutte le pareti, sembravano intatte. Si lasciò cadere sulla poltrona, chiuse gli occhi e ripensò all'acqua. In quel momento suonò il telefono; senza voltarsi allungò un braccio e tirò su la cornetta. Era sua moglie.

«Mi dispiace, il signore è fuori per una battuta di caccia al cinghiale. Vuole lasciare un messaggio?»

«Sì, gli dica che tra qualche giorno faremo l'amore, io e lui, e anche il cinghiale.»

«E se il signore fosse geloso dell'animale peloso?»

«In tal caso, mi accontenterò soltanto di lui.»

«Molto bene, riferirò. Il signore sarà felice di sapere che ho sentito la sua voce.»

«Ha fatto piacere anche a me parlare con lei, ma adesso torni alle sue mansioni domestiche o le dimezzeremo lo stipendio!»

Flores aveva assaporato la sensazione di confondere le

ultime parole di sua moglie con i suoni provenienti dal sonno, quei profondi rintocchi di catene e sabbia in fondo al mare. Si addormentò con il telefono in una mano e il registro del Wilson nell'altra. Soltanto una mezz'oretta e mi sveglio per parlare con Chamonier, si disse. Ci sarebbe sicuramente andato, forse avrebbe ancora trovato dei biscotti. Mentre era ancora mezzo sveglio, ripeté ad alta voce: «A domenica signora Flores, l'aspettiamo.»

I pesci erano finalmente stati nutriti. Un giorno in più senza cibo e senza luce, e sarebbero morti. Forse per questo aveva corso, non per continuare le sue ricerche, né per fare la conoscenza della misteriosa Agapi, e ancor meno per incontrare i suoi invadenti vicini di casa.

*

Martedì mattina

Ore 8:00

Quando Olivier Flores riaprì gli occhi, si rese conto che il suo non era stato un riposo di mezz'ora come si era ripromesso ma aveva dormito per tutto il pomeriggio e per la notte intera! Un fresco venticello notturno aveva conciliato il sonno e la sensazione di essere al sicuro tra le mura di casa aveva fatto il resto.

Entrambi i telefoni che aveva davanti erano scarichi: il cordless aveva smesso di battere le sue infinite note e il cellulare giaceva spento nella tasca della giacca. Durante la notte si era tolto le scarpe, ma non lo ricordava. A dire la verità, dovette ammettere che era la prima volta in vita sua che dormiva per tante ore di fila. Neanche all'università, dopo le feste organizzate per la fine dei corsi, gli era capitato di cedere per così tanto tempo alla stanchezza e ritrovarsi dopo quasi venti ore sullo stesso divano, ancora con una cornetta in mano.

Infilò i vestiti nella lavatrice e si godette una doccia durante la quale un'acqua tiepida e abbondante trascinò via le tensioni. Era pronto per tornare al Wilson e cercare la metà delle risposte alle sue domande.

Risalendo verso il centro, si fermò al bar all'angolo di rue Cassini e chiese una copia del Nice Matin. Quella mattina Flores non indossò la giacca e la cravatta, ma un paio di scarpe da ginnastica e dei pantaloni sportivi di cotone, molto comodi. Destreggiandosi tra le persone che affollavano il marciapiede in salita, diede un'occhiata ai titoli in prima pagina: come gli aveva detto il medico legale Di Mello, la notizia della morte di Sarrazino era riportata con una preannunciata precisione. Adesso tutti in città sapevano cos'era accaduto. Ancora una volta Flores sentì quella forma di dovere percorrergli le mani, che si muovevano su e giù sulle pagine stirando la carta umidiccia del giornale.

Il contenuto dell'articolo era pressoché il seguente:

RITROVATO IN HOTEL IL CORPO
ESANIME DEL RETTORE SARRAZINO

Muore per cause misteriose il Rettore Douglas Sarrazino. Aperta inchiesta nell'ambiente medico nizzardo.

Ieri mattina all'alba si è spento il Magnifico Rettore Douglas Sarrazino, 62 anni, personalità di spicco nel mondo accademico e religioso delle Alpi Marittime. Sarrazino è stato rinvenuto nudo e privo di vita in una camera del noto Hotel Wilson* in rue Hôtel des Postes. I suoi oggetti personali e il computer portatile, ritrovati in un vicolo poco lontano dall'hotel. Sono ancora ignote le cause della morte. La polizia è in attesa dei risultati dai laboratori di Roblot. I commissari che si stanno occupando del caso sono alla ricerca di possibili testimoni e di alcuni sospetti, tra i quali lo psicologo Olivier Flores, scomparso da due giorni.

La comunità ricorda le iniziative di Sarrazino, in carica da circa sei anni, soprattutto nel campo della ricerca, e per l'istituzione di diverse borse di studio dedicate a giovani talentuosi che domani alle dieci ne celebreranno la tragica scomparsa.

Erano circa le sette quando...

Oltre a spiegarsi dov'erano finiti gli oggetti personali del rettore, Flores non lesse nulla di nuovo. Infilò l'articolo nel quaderno dell'hotel, assieme a quello che parlava della cliente di nome Agapi. Il Wilson distava ancora poco, ma aveva fretta. Il tempo scorre più lentamente se si cammina più velocemente.

II

Hotel Wilson

Martedì, ore 10:00

Olivier Flores salì le tre rampe delle scale antiche con meno energia rispetto al giorno prima, ma non ebbe il tempo di pensarci troppo perché le urla di dolore del povero Chamonier si sentivano già dal ballatoio. Attraverso la vetrata della veranda, colorata dalle piante, l'ombra di Chamonier gli si fece incontro. Flores lo prese per mano e lo portò a sedere nella sala colazioni; diede un'occhiata in giro, si rese conto che quel posto era stato smembrato alla ricerca di indizi. Il cosiddetto luogo del delitto, come si suole chiamarlo nei romanzi gialli, era stato isolato. Soltanto una zona restava accessibile: quella in cui viveva Chamonier. Tutto il resto, sigillato dai nastri e dai tappeti di plastica, dava l'impressione di un cantiere appena aperto.

Flores guardò l'albergatore negli occhi e disse:

«La smetta di piangere, si sprecano tempo e lacrime.»

«Lo so, lo so dottore, ma non posso farci nulla. Ha letto i giornali stamattina? *Il noto Hotel Wilson**... con quella stellina schifosa sul nome, come se fosse normale morire qui dentro: dove andiamo a farci ammazzare per il nostro anniversario tesoro?, non so, ho sentito parlare del Wilson, sembra che si muoia benissimo, d'accordo, prenoto per due, vicino alla finestra, oh sì, vicino alla finestra, vicino alla finestra, vicino alla...»

«Andiamo la pianti!»

Da un po' di fogli che giacevano sul tavolo, Flores dedusse che Chamonier aveva avuto al telefono i colleghi dell'hotel quattro stelle e forse aveva chiesto informazioni sulla signorina Schwarz. A giudicare dagli schizzi, gli avevano dato qualche numero e delle date; ma per esserne sicuro era meglio aspettare che si calmasse e riuscisse ad articolare delle risposte.

Singhiozzando più piano, Chamonier tentò di respirare a fondo traendo ispirazione dalle sue adorate pareti. Flores ne approfittò per sbirciare dietro le imposte della veranda e scoprire di cosa parlava nella loro ultima telefonata.

La veranda dell'Hotel Wilson. Un'infinita serie di oggetti ammassata su una parete, vecchi registri contabili, televisori e telefoni rotti, ferri da stiro bruciati, lampadine fulminate da anni. Sulla parete di vetro, che donava a quel posto l'aspetto di una serra, si arrampicavano le piante di buganvillee e glicine viola e rosa. Il loro profumo era forte. Sul pavimento di terracotta, infine, Flores constatò la scoperta della quale Chamonier gli aveva parlato. Prima di ripetere ad alta voce quello che stava vedendo, tirò un respiro, poi si voltò verso la sala e chiese:

«Da quanto tempo sono qui?»

«Da ieri. Erano miei amici, venivano sempre dopo colazione perché sapevano di trovare i croissant.»

«È uno spettacolo orribile. Quando mi ha annunciato di aver scoperto qualcosa sulla veranda, erano già tutti morti?»

«Purtroppo sì, dottore.»

«Sono stecchiti, com'è possibile? Gli ispettori li hanno visti?»

«Certo, loro sanno anche di che colore sono le mie mutande! Ne hanno presi alcuni per analizzarli, mi hanno detto di non toccare nulla, si occuperanno loro di gettarli via. A me sarebbe piaciuto seppellirli e fare il funerale.»

«Lo so Chamonier, anche a me, ma questi non sono più i passerotti che la svegliavano di mattina, sono soltanto uccellini morti sulla sua veranda. Faccia finta che non siano gli stessi.»

Chamonier sospirò come un poeta settecentesco.

«Che buffo dottore. Ieri lei era al cospetto dei cadaveri

di Sarrazino Costa e Divizio, e io, di quelli dei miei passerotti.»

«A dire il vero, ho visto soltanto il corpo di Sarrazino.»

«E Perché?»

«Era quello che interessava a me; ho letto gli altri due nomi sulla cartella del collega arrivando qui ieri mattina.»

«E ha dato per scontato che nelle altre celle ci fossero Costa e Divizio?, non le ha aperte?»

«No!, non sono rimasto lì ad aprire tutte le cellette per divertirmi a scoprire chi era morto di lunedì mattina.»

«Non si preoccupi, ci ho pensato io a leggere i necrologi sull'ultima pagina del Nice Matin. Guardi: i loro nomi sono persino in grassetto.»

«Lei è un detective camuffato da albergatore.»

Flores era talmente distratto dalle lacrime di Chamonier e dalla visione di quei passerotti morti, da non notare che Agapi non fosse lì. Quando se ne rese conto, domandò altro. Si trattava di una di quelle domande che si dividono in due e permettono a chi le formula di chiedere allo stesso tempo qualcosa con la bocca e qualcosa con gli occhi. Chamonier rispose alla prima domanda, diede per scontata l'assenza di Agapi. E disse:

«Ho telefonato all'hotel dove ha dormito Tanja Schwarz.»

«Cosa le hanno detto?»

«Ecco, avevo proprio preso degli appunti...»

«Li ho visti Chamonier, i suoi disegnini, sono soltanto numeri e indirizzi. Non c'è scritto di chi.»

«Non l'ho scritto per evitare che i flics ci mettessero le mani.»

Flores tentò di confortarlo: «Mi dispiace per i suoi souvenir, so che ci teneva molto.»

«Dunque, questo è il numero satellitare dello yacht sul quale lavora la Schwarz, questa è la data della prossima partenza, domenica, dal porto di Singapore – oh Singapore... – e questo qui infine è il suo numero personale, è un cellulare svizzero, comincia per 0041.»

«Come ha fatto ad avere queste informazioni?!»

«Conosco il concierge dell'hotel, mi ha passato tutti i dati registrati al check-in.»

«Mi domando perché Tanja Schwarz abbia lasciato un hotel di lusso sulla Prom per dormire qui.»

«Esatto, in questa bettola.»

«Io non l'ho chiamata bettola.»

«In ogni caso, è quello che diventerà, dottore. E lei come farà con la storia delle accuse di cui parla il giornale?, sono già venuti a cercarla a casa?»

«Non so, a dire il vero ho dormito per quasi venti ore e se è venuto qualcuno per arrestarmi, dev'essersi stancato di suonare il campanello.»

«Mah!»

«Sono pur sempre un medico con una fedina immacolata!, non credo che mi stiano cercando come un criminale.»

«Una ricerca è sempre una ricerca.»

Flores tremò per un attimo, come se un freddo poco pungente lo sfiorasse per sbaglio. Rispose: «Non so, forse ci sono modi e modi.»

«Forse,» disse Chamonier mentre giocava con la sua testa che non stava mai dritta da sola.

C'era il rischio di incontrare qualche poliziotto, ma invece di affrettarsi a uscire, Flores pose un'altra domanda al buon Chamonier; era più una curiosità che un bisogno reale di sapere:

«Nel nostro elenco di testimoni, oltre ad Agapi, abbiamo dimenticato ancora una persona.»

«Chi?»

«Suo fratello, o il suo amichetto muto per essere precisi.»

«Ha ragione, ma lui è muto dal Settantotto e non vale niente come testimone.»

«Per il fatto che è muto?»

«No!, per il fatto che l'altro ieri è dovuto partire, è a Parigi, a fare visita ai suoi genitori. Loro mi odiano.»

«Lo vede, non sa raccontare bugie. Se fosse suo fratello, i genitori del muto sarebbero anche i suoi. E neanche a lui ha raccontato degli omicidi e della chiusura dell'hotel?»

Chamonier sembrava più tranquillo. Rispose: «No, per carità! Tenga dottore, non ha preso neanche un biscottino, sono ancora freschi, li assaggi, andiamo, li assaggi.»

*

Palazzo dello sport, Acropolis

Ore 11:00

Spesso Flores indossava il costume da bagno sotto i vestiti: lasciare lo studio medico e andare in piscina era un gesto di routine. Quando si rese conto che stava uscendo da un hotel dove avevano assassinato tre persone e che lo aveva ugualmente indossato, rise e ascoltò l'eco delle risate che ritornava su dalla tromba delle scale. Invece di continuare le sue ricerche, si avviò verso il palazzo dello sport.

Al piano terra c'erano le casse automatiche per il parcheggio; la reception era sempre vuota; tre ascensori stretti portavano fino al sesto piano; le pareti degli ascensori erano tappezzate da pannelli enormi sui quali erano raffigurati atleti di diverse discipline, tutte praticate tra il terzo e il sesto piano. Flores si fermò al quinto.

Era una giornata poco luminosa ma il sole si riflesse

nelle porte di ferro dell'ascensore e lo acceccò. Sentì un leggero capogiro che attribuì al fastidio dovuto alla luce. Noleggiò una cuffia nel negozio di materiali sportivi ed entrò negli spogliatoi. Mentre passava il suo badge sulla barra di sicurezza, l'addetta alle pulizie gli passò accanto e disse:

«È venuto più presto dottore.»

La signora si chiamava Nanou: oltre a essere curiosa, era molto distratta e svolgeva il suo lavoro con poca passione, con la stessa noncuranza con cui portava quel grembiule azzurro mai stirato.

«Avevo voglia di nuotare, mi aiuta a pensare.»

«Non avrà molto da pensare allora, stamattina è pieno di gente. Nelle prime tre corsie ci sono i bambini che si allenano per le gare.»

Si spogliò, mise i vestiti nel solito armadietto, legò alla caviglia il bracciale con la chiave e s'infilò sotto la doccia. Il pavimento ruvido degli spogliatoi stimolò i piedi e la testa; gli armadietti blu erano uguali alle celle di acciaio di Roblot, forse tutti gli armadietti da allora in avanti lo sarebbero stati.

Il vapore saliva verso le enormi vetrate e i suoni a lui familiari lo confortarono. Finalmente, davanti alla penultima corsia, tirò su le braccia per distendere i muscoli, ruotò un po' il collo, ricordandosi all'istante delle lunghe ore trascorse sul divano anziché in un comodo letto, e s'immerse in acqua.

Soltanto adesso Olivier Flores poté davvero rendersi conto di quello che stava accadendo. Era sua abitudine far funzionare il cervello mentre ruotava il busto e le braccia sul pelo dell'acqua e più si facevano interessanti i suoi ragionamenti più spingeva mentre era sotto la superficie setosa sentendo i muscoli delle braccia ingrossarsi, il petto gonfiarsi per la respirazione e le gambe liberarsi di tutte le tensioni. Dopo aver nuotato a ritmo regolare per un po', si rese conto di essere esausto. Forse si era sforzato troppo, oppure aveva mangiato poco e male. Sapeva che la stanchezza poteva essere causata da quella profonda tensione che si accumula quando non conosciamo l'epilogo di una vicenda che ci riguarda.

Flores amava rimanere a galla, con le braccia sui separatori di corsia, a fissare la luce del suo quartiere. Dal quinto piano del palazzo dell'Acropolis si potevano vedere i tetti e le nuvole. Le urla dei bambini che si allenavano per le competizioni risuonavano come dall'interno di un frigorifero. Da ragazzo, era toccata anche a lui; aveva seguito a lungo i programmi di allenamento durante i quali gli istruttori erano diventati sempre più esigenti, aveva partecipato a qualche gara e, infine, per dedicarsi seriamente agli studi di medicina, era passato nelle ultime corsie, quelle libere. Ma chiunque poteva osservarlo e capire che era in forma e avrebbe potuto competere ancora.

Quando uscì dall'acqua e si infilò la cuffia nel costume, su un fianco, come da abitudine, si accorse che sugli spalti c'era molta più gente del solito: erano i genitori venuti per guardare i loro bambini. Ciò che lo confuse fu la visione di quell'uomo già notato all'ingresso di Roblot, in camicia e pantaloni grigi. Sedeva tra la folla, non partecipava né agli applausi né alle chiacchiere, ed era l'unico a indossare le scarpe; si trattava della stessa persona.

La prima reazione di Flores fu di avvicinarsi e parlare con lui, ma proprio mentre si apprestava a fare il giro delle vasche e oltrepassare le prime corsie presso le quali gli istruttori fischiavano e urlavano ai ragazzi, qualcosa lo trattenne, un capogiro, un'oscillazione di tutto ciò che gli stava attorno. Si spaventò, non conosceva quella sensazione. Sentì un freddo insano percorrergli la schiena, vide l'acqua giocare con la luce sotto l'enorme tettoia e la sua testa girò assieme alle ombre, finché non si ritrovò in ginocchio. Dovette aspettare un po' attirando l'attenzione degli altri atleti, i quali si riunirono in cerchio lasciando giusto lo spazio per farlo respirare.

Lo aiutarono a rialzarsi. Quando si fu calmato, sollevò gli occhi e scrutò tra i gradoni di ferro degli spalti: l'uomo non era più lì. Sul fondo dell'enorme piattaforma, nascosta dai riflessi, una delle porte di servizio si stava richiudendo. Flores conosceva gli addetti alla sicurezza e il personale, non aveva mai visto nessuno usare quella porta. La raggiunse e si avviò a piedi nudi lungo una rampa di scale immersa nell'oscurità; poté percorrerla velocemente perché sentì al tatto che era identica a quella degli spogliatoi. Provò ad aprire un'altra porta, ma non ci riuscì e non seppe comprendere se la causa era la sua recente debolezza o un solido lucchetto dall'altra parte. Provò a spingere più forte, batté con un pugno per sortire qualunque effetto, ma non sentì alcun rumore. Tornò su e cercò qualcuno cui chiedere delle spiegazioni.

Uno dei bagnini, il vecchio Sébastien, dopo il trambusto era tornato a sedersi a bordo vasca e giocava con il fischietto come un cowboy con la pistola. I capelli lisci e bianchi gli donavano un'aria fanciullesca; la pelle era levigata dalle tante stagioni trascorse nell'acqua.

Flores lo raggiunse e gli disse: «Dove si accede attraverso la porta di servizio dall'altra parte, quella laggiù?»

Il bagnino aveva la serenità dei pesci.

«Quella laggiù, mi faccia pensare, quella laggiù è la porta dei vecchi locali tecnici che sono stati trasformati in un deposito.»

«Resta sempre chiusa?»

«Credo di sì. Ma come sta dottore?, la trovo pallido, cerchi di mangiare più carne se vuole continuare ad allenarsi a questo ritmo, altrimenti finirà come me, a sessant'anni, con la metà dei muscoli strappati. Guardi qui, la vede questa linea?»

«Si è stirato il polpaccio.»

«E questa, qui dietro, la vede?» Il bagnino si sollevò la maglietta e gli mostrò la schiena.

«La vedo, la vedo,» rispose Flores, «ma devo andare, la prego.»

«Aspetti dottore!, se vuole vedere il deposito l'accompagno. Ho le chiavi.»

*

Hotel Wilson

Ore 13:10

La signorina Tania Schwarz, come aveva scoperto Chamonier grazie al suo collega dell'hotel quattro stelle, era la purser del famoso V, il più grosso yacht privato mai costruito.

La domanda che il giovane medico aveva posto a Chamonier era stata: perché una ragazza con un lavoro così prestigioso ha deciso di dormire in un hotel come il Wilson, che non ha neanche il bagno in camera?

Chamonier aspettò di essere di nuovo solo e telefonò ancora al concierge, col quale ebbe la seguente conversazione:

«Avete clienti?»

«Tutti partiti.»

«E i tuoi padroni?»

«Fuori a pranzo.»

«Mi chiedevo perché la Schwarz avesse lasciato il vostro hotel. Non ha trovato il corridoio per arrivare alla sua camera?»

«A dire il vero, caro Chamonier-secondo-i-giornali-ormai-ex-albergatore-Chamarande, la signorina Schwarz ha trascorso uno stupendo soggiorno; al suo arrivo le abbiamo fatto trovare una bottiglia di rosé e una scatola di cioccolatini, della sua marca preferita.»

Dopo un attimo di silenzio Chamonier chiese: «Il vino o i cioccolatini?»

«Entrambe le cose!»

«Nel mio hotel lascio un thermos caldo col caffè e un cestello pieno di biscotti fatti in casa, in ogni camera, senza discriminazioni.»

«Che cosa cerchi Chamonier? Ti ho già dato il suo numero se non sbaglio.»

«Lo hai fatto e ti ringrazio.»

«E allora?»

«Non mi hai detto la cosa più importante.»

«Che cosa?»

«Perché la Schwarz ha lasciato il vostro hotel ed è venuta nel mio? Al suo arrivo era esausta, mi ha detto che non dormiva da diversi giorni. Non avete i letti laggiù?»

«Perché non l'hai chiesto a lei?»

«Ma voi avevate camere libere?, non è così?»

«Certo, certo che ne avevamo, soprattutto per lei.»

«Che vuol dire?»

«Che per lei una camera c'è in qualunque giorno dell'anno.»

«Sentite l'odore dei soldi di Paraska, Parasky...»

«Paraskevopoulos.»

«Sì... e della sua barchetta. Avete l'olfatto dei cani che ospitate e le fauci dei coccodrilli con cui vi siete fatti i portafogli.»

«Tu non puoi capire Chamonier, conti ancora con le dieci dita.»

«Hai una lingua preziosa, sei quasi un poeta. Avrebbero dovuto farti le chiavi d'oro screziate di diamanti.»

«Ti ringrazio, le tue parole mi lusingano.»

«Peccato che mi abbiano fatto chiudere altrimenti vi avrei inviato i miei clienti vip.»

«Sarà per un'altra volta; adesso ti lascio, stanno rientrando i direttori.»

«Sarei curioso di sapere cos'hanno mangiato oggi i tuoi padroni, ma sono sicuro che adesso ve lo diranno loro e farete anche finta che vi interessa.»

«Te lo racconterò senza omettere alcun dettaglio.»

Chamonier sorrise e infine urlò: «Ci conto!» Poi lanciò la cornetta sul telefono come la palla in un canestro. Fece centro. Tre punti. Ma nessuno lo vide.

*

Tanja Schwarz, uno dei clienti scomparsi. A parte la domanda più importante e cioè perché avesse dormito lì, non sembravano esserci particolari misteri riguardo a lei. Eppure Chamonier aveva intuito che il suo collega stava nascondendo qualcosa.

Chamonier detestava gli alberghi di lusso, non lo aveva mai nascosto ogni volta che aveva parlato con Flores. Era fiero delle sue nove camere e delle statuette provenienti da tutto il mondo. Aveva in gola una certa dose di saliva accumulata durante il battibecco con il concierge, non l'aveva ancora mandato giù quando suonò il suo vecchio telefono da parete e rispose come avrebbe fatto ancora a lungo prima di abituarsi all'idea di aver chiuso: «Hôtel Wilson! Chamonier à votre service.» La moglie del dottor Divizio chiedeva informazioni su suo marito. La sua voce era coperta da un brusio, sembrava lontana. «Aspetti in linea signora, vado a vedere se è in camera, anche se non mi sembra di averlo visto rientrare.»

«Faccia pure, la aspetto.»

Chamonier appoggiò la cornetta per qualche secondo, il cavo si tese dalla parete fino alla ruvida superficie del tavolo; aspettò canticchiando per un po' prima di riportarla all'orecchio. In quel breve tempo si guardò in giro e raccolse le ultime immagini dei suoi clienti in vita; ascoltò le loro voci, poi disse:

«Mi dispiace signora, il dottore dev'essere uscito, gli dirò che ha chiamato.»

«A che ora pensa che rientrerà?, a che ora rientra di solito?»

«Beh, in genere, dopo i suoi incontri di lavoro, passa di qui per darsi una rinfrescata, cambiarsi, sa, il nodo della cravatta può rendere pazzi, poi esce per andare a cena, mangia sempre alla Nation come tutti i medici della zona, i suoi piatti preferiti sono le tagliatelle alla bolognese o la tartare di salmone. Dice che lei non sa cucinare e quando viene qua per lavoro ne approfitta.»

«Davvero, dice così?» lo interruppe la signora Divizio.

«Sì, il dottore mi ha raccontato che a Milano mangiate male e piuttosto di fretta.»

«Signor Chamonier...»

«Oui...»

«Io faccio la chef in un ristorante gastronomico.»

«Ah davvero?!»

Il brusio finì, la voce della signora Divizio divenne più chiara perché avvicinò l'auricolare alla bocca e domandò: «Dov'è mio marito?»

«Non capisco la sua domanda.»

«Le ho chiesto dove si trova, con chi è mio marito, signor Chamonier.»

«Posso rispondere in due modi alla sua domanda, dipende se vuole sapere dov'è il dottore adesso o dov'è da tre anni.»

A quel punto, tanto valeva dire la verità. Ma a modo suo. L'audacia della sua risposta sortì l'effetto sperato. La signora si rassegnò alla follia di Chamonier e alla dura realtà della sua situazione. Per lui, tutto era un gioco: il dramma, le risate, la vita e la morte.

«Temo che ci sia una sola risposta per entrambe le domande,» disse la donna.

«È così signora, ma lei è proprio sicura di volerlo sapere?»

«No, la prego, non me lo dica, non mi dica dov'è né con chi ha condiviso la sua camera in questi anni.»

«Ma me lo ha chiesto adesso! Ah. Ma allora lo ha sempre saputo!, non è vero?»

«Sì,» rispose lei.

«E perché glielo ha concesso?»

«Non so.»

«Devo dirle anche un'altra cosa, signora.»

«Che cosa?»

«Temo che suo marito non tornerà più a Milano!»

«Che cosa glielo fa pensare?»

«Perché è morto!»

«È dolce Chamonier, ma non cerchi di giustificarlo.»

«Ma le dico che è davvero morto!»

«Dev'essere stato lui a ordinarle di dirmelo, ma non si preoccupi, ho capito, mio marito non era più felice del nostro matrimonio. Non mi rivela nulla di nuovo Chamonier.»

«Sta piangendo?»

«No.»

«Verrà in hotel per uccidere anche me?»

«No, non credo che vedrò mai il suo hotel. Continuerò soltanto a immaginarmelo, ora conosco anche la sua voce.»

«Cos'ha di strano la mia voce?»

«È leggera.»

Chamonier sorrise ancora e rispose: «Lo sa, signora Divizio, anche suo marito diceva lo stesso.»

*

Quell'ultima telefonata che Chamonier Chamarande ricevette martedì, sempre seduto in attesa che la polizia portasse via altri oggetti profanando ancora la sua sala per le colazioni, lo aveva commosso. Le lacrime lo aiutarono a liberarsi, si sentiva come un bambino che gridando rivendica i suoi diritti violati dalla guerra, che fanno i grandi. Andò ancora una volta sulla veranda; pianse e pregò affinché portassero via al più presto quei passerotti morti nel suo hotel. Intanto, con una parte appisolata degli occhi, notava che le pareti divenivano più piccole, il soffitto più basso e le finestre opache. Valutò l'ipotesi di andare via, la scartò un attimo dopo. Si distese su una sedia e guardò il lampadario sporco che incominciò a tremare mentre i gendarmi rientravano.

Vedendolo in quelle condizioni, uno dei poliziotti gli chiese:

«Tutto bene Chamarande?»

«A meraviglia, sto aspettando che mi ammazzino.»

«La smetta, non la ammazzerà nessuno. Esca, vada a prendere un po' d'aria. Di là abbiamo ancora da fare. Se abbiamo bisogno di lei, sappiamo come rintracciarla.»

«Sapete a cosa stavo pensando?»

«No!»

«Ripensavo al silenzio in cui questa tragedia si è consumata. Tre persone sono state ammazzate e nessuno si è accorto di nulla.»

«Ma ha detto all'ispettore che aveva sentito dei rumori dalla camera di Sarrazino: rumori insoliti.»

«Si trattava di rumori insoliti perché non erano dei rumori. Voi non potete capire. Era come se il normale ritmo dei miei clienti fosse improvvisamente cambiato.»

Il ragazzo che parlò con Chamonier si era appena arruolato, si chiamava Tony Colombero, era piccolo e magro, talmente magro che sembrava essere capitato per caso tra i poliziotti, tutti più alti e muscolosi di lui; aveva i capelli rasati, un viso fanciullesco, con due occhi azzurri sprecati, intristiti di violenza ereditaria. Mentre poneva quelle vaghe domande, continuava a spiare ogni angolo della sala per valutare se prendere qualche altro oggetto e portarlo in laboratorio. Ai racconti di Chamonier, il ragazzo non diede alcuna importanza; aveva avuto l'ordine di lasciarlo circolare nella parte dove c'era la sua camera e nella sala –

Chamarande è soltanto un intralcio alle indagini, gli avevano detto – e, soprattutto, nessun poliziotto aveva toccato i suoi biscotti.

Anche Chamonier pensava ad altro mentre ascoltava le risposte del ragazzo. In realtà, stava ripensando alla cliente della quale non volle parlare con la polizia: la signorina Schwarz.

*

Stazione di Ventimiglia

Ore 07:05

Tanja Schwarz aveva lasciato il Wilson alle cinque del mattino di lunedì. Martedì si era diretta in stazione ed era salita sul primo treno per Milano. Da lì, aveva un volo che l'avrebbe portata a Singapore, città nella quale si trovava lo yacht V.

Indossava un abito setoso, di qualità pregiata. In un bagaglio a mano teneva l'uniforme piegata accuratamente e il suo necessaire; una donna di mare poteva muoversi per giorni senza bisogno d'altro.

Sul treno che da Ventimiglia si dirigeva con lentezza ritmica verso la capitale economica italiana, Tanja Schwarz aveva controllato tutti i suoi appuntamenti, la lista delle tappe e il programma da seguire una volta ripartiti. Aveva segnato nomi di ristoranti di lusso, centri benessere di diverse città, campi da golf, compleanni, e tutto quanto il necessario per occupare le giornate dei proprietari della barca. Il suo lavoro a bordo consisteva anche in questo.

Il suo capo, il milionario Paraskevopoulos, l'aspettava a Singapore per parlare con lei di persona. Non si vedevano da quando era partita per la Francia.

*

Palazzo dello sport, Acropolis

Ore 13:30

Olivier Flores aveva sempre mostrato una predilezione per le ricerche sul miglioramento della vita piuttosto che per quelle sulla prevenzione della morte. Essere un medico, comunque, voleva dire lottare per entrambe le cause allungando il più possibile la vita dei pazienti e migliorandone la qualità.

Insieme all'anziano e arzillo bagnino Sébastien, Flores scese le scale su cui la pesante porta verde si aprì con molta fatica. Lo ringraziò per avergli proposto di fargli strada fino al deposito e lo lasciò andare avanti perché era lui ad avere la chiave. Il buio si faceva meno intenso ora. Aprirono la porta con un po' di difficoltà spingendo la maniglia anti panico verso il basso; si resero conto che l'interno della stanza era illuminato, c'erano finestre simili alle vetrate di una chiesa, alte e strette. Guardarono senza toccare nulla, il materiale conservato risaliva a diverse epoche; manichini fatti a pezzi, busti o soltanto teste, reduci da anni di addestramento per il salvataggio, adesso abbandonati. La vista non li perturbò. Sia Flores sia il bagnino conoscevano quegli oggetti, erano familiari, ma si affrettarono perché entrambi odiavano i luoghi chiusi e troppo asciutti.

Dopo aver capito che nessuno era passato di là e che il capogiro del ragazzo doveva averlo confuso, tornarono indietro.

Flores chiese: «Da quanto tempo avete trasformato questa sala in un deposito?»

«Da qualche anno, sa come succede quando un posto si trasforma da solo in un deposito. Andiamo dottore, venga, ha avuto una crisi ipoglicemica, capita quando si esce dall'acqua.»

«A lei è mai successo?»

«Molte volte. Vuole che l'accompagni?»

«No, grazie, non ce n'è bisogno.»

Invece di andare a mangiare qualcosa, Flores sentì il bisogno di allontanarsi, non aveva alcuna importanza dove sarebbe andato. Aveva addosso soltanto il costume, era ancora bagnato, ma l'acqua si era mischiata al sudore. Si presentò all'ingresso. Lì incontrò di nuovo la signora Nanou, addetta alle pulizie curiosa, la quale lo guardò riempiendosi bocca e occhi come al solito e gli domandò:

«Dove va dottore senza i vestiti addosso?!»

«A prendere un po' d'aria sulla terrazza.»

«Quale terrazza?»

«Quella.»

«Ma da lì si accede al tetto. Se va sul tetto col costume addosso, chiameranno i pompieri. Venga dottore, si affacci da questa.»

«Quella? Non sapevo che si potesse aprire.»

«Non si affaccia nessuno perché è vietato, ma per lei farò un'eccezione.»

«È lei ad aver affisso tutti questi divieti?»

«No, non io, io li faccio soltanto rispettare. Cosa vuole che comandi una povera vecchia come me!»

«Lei non è vecchia, si trascura un po'.»

«Lei pensa? Come si sente dottore?»

«Meglio. Avevo bisogno di aria, mi sentivo come se fossi sott'acqua.»

«Capita.»

«A me non era mai capitato.»

«È capitato ad altri, per questo c'è il divieto di andare sul tetto.»

«Credevo che non si potesse andare su nessun tetto, che fosse un divieto scontato da quando esistono i tetti.»

«Invece è stato deciso dopo che qualche poveretto è uscito ed è caduto.»

«Da quando frequento questa piscina non avevo mai sentito storie del genere.»

«È successo tanti anni fa, forse lei andava ancora all'asilo. È un giovanotto dottor Flores, quanti anni ha?»

«Trenta.»

«Ne dimostra di più.»

«Grazie, per un uomo è un complimento.»

«Per una donna non lo sarebbe.»

«Ascolti Nanou, lei è una bella signora curiosa. Se la curiosità si potesse regalare, io l'avrei chiesta ogni anno a Babbo Natale; quando ero bambino non l'ho visto spesso Babbo Natale.»

La signora lo interruppe: «Guardi dottore, avrei voluto dargliela più tardi, non mi aspettavo che uscisse in costume e così all'improvviso.»

«Che cos'è?»

«Aspetti, l'avevo messa qui, è la prece per il funerale del rettore Sarrazino.»

Il cuore di Flores riprese a pulsare. Anche indirettamente, tutti coloro che lo circondavano non facevano altro che ricordargli ciò che era accaduto al Wilson. Nanou stava parlando di tutt'altro e all'improvviso si era messa a rovistare nel suo cestello, tra le bottiglie di detersivo e le spugne gialle. Aveva conservato tra quegli oggetti qualcosa che avrebbe voluto dare a lui, proprio a lui. Quando l'ebbe trovata, l'asciugò sul grembiule, gliela porse e disse: «Eccola!, prenda dottore, la può tenere.»

Bagnata per metà, ripiegata in due, quella pagina fresca di stampa raccontava il punto di vista della Chiesa sulla morte di Douglas Sarrazino.

Quando Flores l'aprì, si rese conto che la curiosità di quella donna nei suoi confronti era legata a quell'evento. Il rettore Sarrazino era un suo collega e lei lo sapeva. Mentre gli porgeva il foglio, lo guardò come a un funerale si guardano i parenti di chi è morto, con quel misto di pietà e commiserazione paradossalmente fuori luogo. Flores si sentì cadere addosso tutto ciò che aveva evitato. In quel momento capì cosa stava accadendo da due giorni. Guardò la fotografia di Sarrazino, indossava gli occhiali da vista marroni, aveva la tipica espressione dei defunti. Sullo sfondo si vedevano alberi di ulivo illuminati dal sole, una fotografia che descriveva bene quell'uomo e il suo operato. Flores lo guardò negli occhi e ripeté le promesse già fatte nel Roblot. Poi lesse quello che c'era scritto sotto l'immagine:

Monsignor Douglas Sarrazino
Rettore d'Università e Parroco di Sainte-Marie
Ci ha lasciati la mattina del 3 maggio.
È stato inumato nella cappella dei Canonici
al cimitero dello Château.
È stato per dieci anni al nostro fianco nel segno
di Cristo
che unisce i suoi fratelli e li rende forti grazie
alla fede.
Preghiamo per lui.

Flores domandò:

«Non capisco perché le preci sono già in circolazione con la data di domani.»

«Questa è soltanto una bozza. Tutte le preci saranno distribuite domani durante i funerali.»

«E lei ne aveva già una nel carrello dei detersivi?!»

«Me l'ha regalata un suo collega della Medicina Legale.»

«Un mio collega.»

«Mi ha chiesto di dargliela appena l'avrei vista.»

«Un mio collega aveva una prece sui funerali di Sarrazino un giorno prima della loro pubblicazione e ha chiesto a lei di darla a me?!»

«Sì.»

«E perché non me l'ha detto quando sono arrivato?»

«Era così felice di andare in acqua!, mi ha ricordato i miei nipotini. Avevo paura di guastarle l'umore, credevo che per voi medici fosse normale sapere certe cose prima degli altri.»

«Da un certo punto di vista ha ragione signora, ma non creda che mi sia capitato molto spesso di ricevere una prece commemorativa con la data dei funerali un giorno prima dei funerali! Come si chiama il medico che gliel'ha data?»

«Io non me lo ricordo...»

Quella donna era stupida?! Oppure furba? Per Flores non aveva importanza.

«La prego, se le viene in mente, mi chiami a qualunque ora.»

«D'accordo dottore. Adesso vada a mettersi qualcosa addosso, non è conveniente per una della mia età rimanere per molto tempo appartata con un bel giovanotto mezzo nudo.»

Rientrando negli spogliatoi, scalzo e con quel foglio di carta nelle mani, Flores sembrava un'anima buona che si presenta al cospetto di Dio con il resoconto della vita.

Dalla pista di pattinaggio del piano di sopra arrivavano musica e urla. Leggeva e si avvicinava al suo armadietto, a una caviglia teneva legato il bracciale giallo con la chiave, se lo sfilò e allungò una mano verso la serratura. Fu soltanto allora che distolse lo sguardo dall'immagine di Sarrazino e si accorse che l'armadietto con i suoi effetti personali era stato forzato.

*

Scoprire di non possedere più i documenti è un momento che nella vita di un uomo può assumere la forma di una disgrazia o di una liberazione; per Flores si trattò piuttosto di una brutta sensazione. Fu come se in quel momento si sentisse coinvolto irrimediabilmente. Si sentì trascinare rimanendo fermo, impressione appresa dagli incubi. Senza i miei documenti, pensò, sono solo un cliente partito da un

95

hotel, uno dei clienti di Chamonier.

Chamonier Chamarande aveva annotato il suo nome sul registro. Ora quel quaderno era lì, nell'armadietto. A chiunque, in una situazione del genere, sarebbe venuto in mente l'uomo visto pochi minuti prima tra la folla a bordo piscina, lo stesso individuo che lo aveva impressionato all'ingresso dell'obitorio. Flores provò a concentrarsi e a usare le recenti immagini, ma non ci riuscì. Era stanco, avrebbe soltanto voluto dormire e aspettare che quel torpore dei sensi lasciasse spazio a una ritrovata energia, sua condizione naturale. Sentiva persino i muscoli perdere tono: tutto ciò era assurdo!

Si rivestì in fretta, senza indossare gli slip. Quella era un'altra sua abitudine; non c'entrava con la fretta. La signora Nanou lo sapeva; forse aveva fatto appendere lei stessa quei cartelli che imponevano l'uso dei costumi da bagno negli spogliatoi.

Quando ebbe recuperato il quaderno di Chamonier, corse via. Aveva intenzione di chiamare Tanja Schwarz, ma si ricordò che il foglietto sul quale Chamonier aveva scritto il suo numero era accuratamente infilato nel portafoglio. Se lo avesse messo distrattamente nella giacca, non lo avrebbe mai perso. Mentre correva verso gli ascensori, si perlustrò le tasche, – non si poteva mai sapere! – ma trovò soltanto il menù di un ristorante giapponese di rue Cassini e il biglietto da visita di un rappresentante farmaceutico che gli era anche parso la persona più insolente che avesse mai conosciuto. Maledisse il momento in cui aveva riposto il numero della Schwarz nel suo portafoglio e si avviò verso il Wilson con la speranza che Chamonier glielo potesse ridare.

Prima di attraversare la strada, fermo al semaforo che regolava un insistente flusso di auto e moto, Flores si sentì chiamare dal parcheggio. Il vecchio Sébastien era affacciato dal primo piano e sorrideva, lo salutò e gli augurò una buona giornata come se avesse appena fatto il bagno con le paperelle, invece era uscito da un luogo che conservava in sé mistero stupore e rabbia. Era stato sul punto di perdere i sensi!, la signora Nanou aveva una prece per i funerali di Sarrazino!, e chi era quell'uomo sparito nel nulla all'interno del deposito?

Il traffico tendeva a diminuire nel pomeriggio e aumentare di nuovo all'uscita dagli uffici; il ritmo delle città sembra sempre somigliarsi. Flores riprovò a chiamare Chamonier e quando finalmente ottenne la connessione disse:

«Allora, si era attaccato al telefono per cercare un nuovo lavoro o chiacchierava col suo amico concierge!»

«Premesso che quel concierge è l'ultima persona al mondo che vorrei avere come amico, devo informarla che stavo parlando in italiano con la signora Divizio e che...»

«Che neanche a lei ha detto degli omicidi.»

«Esatto, come potevo dottore!»

«Lei è pazzo Chamonier, ma è un pazzo buono.» La sua era una diagnosi medica.

«La ringrazio di cuore,» rispose commosso Chamonier.

«Ascolti. Mentre ero in piscina...»

«Oh che bello, lei va in piscina! Anch'io da ragazzo nuotavo tutte le settimane, ci andavo sempre con la mia fidanzata. A pensarci bene, quella dev'essere stata anche l'ultima.»

«Sì, ma questo non c'entra.»

«Ha detto mentre ero in piscina. Pensavo che volesse parlare delle piscine.»

«Mi lasci finire Chamonier. Mentre ero in acqua, qualcuno ha forzato l'armadietto e mi ha rubato il portafoglio.»

«Soltanto cattive notizie. Da lassù si divertono alle sue spalle. Almeno le hanno lasciato il telefono: questo vuol dire che non si trattava di un ladruncolo interessato ai soldi.»

«Nel portafoglio c'era il foglietto che mi ha dato lei, Chamonier.»

«In nome degli Dèi! Quello con il numero della Schwarz o quell'altro con la mia ricetta segreta per i biscottini alla cannella?!»

Nei pressi di rue Hôtel de Postes, Flores salutò, diede appuntamento verso sera e agganciò. Non aveva senso andare al Wilson. Perciò cambiò direzione e, dopo una decina di minuti a passo veloce, entrò nell'hotel quattro stelle sulla Promenade. Naturalmente, non ne avrebbe fatto parola col povero Chamonier.

III

Yacht V

Martedì, ore 21:15

Il porto di Singapore dava asilo ogni giorno a centinaia di navi, perlopiù cargo di compagnie cinesi, e a decine di barche private. Era – ed è tutt'oggi – il più importante porto di scalo per le rotte commerciali asiatiche e oceaniche; tra i più trafficati al mondo, moderno, all'avanguardia e in continua evoluzione.

Tanja Schwarz arrivò al cospetto dello yacht di Paraskevopoulos dopo quasi venti ore di viaggio, indossava lo stesso vestito che in Francia le aveva dato un'aria esotica e che adesso appariva piuttosto comune. Tutte le passanti ne avevano uno simile, fatta eccezione per la rifinitura. Si vedevano tanti abiti setosi con fiori rossi, ma alcuni valevano pochi spiccioli e altri, centinaia di dollari.

Tanja aveva i capelli corti e folti, si poteva notare la robustezza del collo e la carnagione abbronzata, tipica di chi lavora in mare. Portava pochi gioielli, consapevole dei rischi che avrebbe corso ostentando di più; il corpo appariva teso, come se le quantità di nervi e di carne non fossero ben proporzionate tra loro, ma era sottile e bello, tutto sommato. Il suo sguardo poteva sembrare insicuro, mentre si avviava nella strada in discesa.

Arrivò in taxi nella parte più colorata del porto, scendendo lungo l'Harbourfront Ave. Quando fu sotto la Keppel Bay Tower, il silenzioso chiacchiericcio della moltitudine di uomini e donne nascose il rumore dei suoi tacchi. Tanja Schwarz non era una donna riflessiva, né premeditava le sue mosse, non lo aveva mai fatto. Era la sua maniera di essere libera. Perciò non sapeva cosa sarebbe accaduto quel giorno sullo yacht, né i giorni successivi né gli anni a venire.

Lo yacht V era lungo centotredici metri, contava trentasei cabine oltre la suite di Paraskevopoulos, due piscine con l'idromassaggio e cristalli per milioni di dollari. Era stato progettato dal designer francese Philip Stark, contendeva diverse decine di primati; nel mondo dello yachting non c'era nessuno cui non sarebbe piaciuto imbarcarsi sul V anche solo per una settimana e come l'ultimo degli steward. Nessuno sapeva che cosa significasse quella "V", fatta eccezione del proprietario e di pochi amici che lo seguivano durante le sue passeggiate transoceaniche alla ricerca di luoghi esclusivi e cibi sconosciuti per i loro pranzi d'affari e di piacere, sempre mescolati.

Appena il portellone di poppa si abbassò, Tanja si tolse le scarpe e si avvicinò, compose il codice di accesso, posò il pollice nel lettore di impronte e, una volta riconosciuta, le porte fumé scorrevoli si aprirono.

Nel garage c'erano due tecnici che sistemavano le moto d'acqua per la prossima uscita dei proprietari, i quali avevano deciso di usarle nella baia di Pekanbaru l'indomani mattina. Anche quella baia era stata scelta da lei, era parte del suo lavoro: occuparsi dei divertimenti. La partenza era prevista per domenica mattina.

Paraskevopoulos l'aspettava nella sua suite, stava guardando un servizio del Wall Street Journal sulla CNN, l'unico giornale che si era potuto permettere il lusso di salire a bordo e riprendere gli interni. Il greco rideva. Rise anche Tanja dopo aver posato la sua borsa su una poltrona. Portava una sottilissima collana, alla quale era appeso un antico cammeo di resina; se la tolse e la gettò sul tavolo, poi, finalmente, si lasciò cadere sul divano e tirò fuori tutta la stanchezza in un solo soffio che, delicatamente, diffuse nell'aria di mare il ricordo dei chilometri appena percorsi. Lo sguardo chiaro della ragazza cercò la parete di vetro, l'oltrepassò e ritrovò l'azzurro impreciso dell'oceano. Respirò meglio e più ritmicamente.

Paraskevopoulos era molto alto e sofficemente magro, aveva i capelli rasati da qualche mano delicata o costosissima, la pelle del viso rossa; portava gemelli d'oro ai polsini della camicia. «Sei stanca!» chiese.

«Un po'.»

«Non ti sei divertita in Europa?...»

«Affatto!»

«Hai fame, Tanja?»

«Sì.»

«Chiamo Pratama.»

«Lo chiamo io,» disse la ragazza, «ma tu dimmi cosa hai fatto mentre ero via.»

«Lo vuoi sapere?»

«Sì.»

«Lo vuoi proprio sapere, Tanja Schwarz?»

«Dimmelo!»

«Credi che te lo dirò?»

«Me lo dirai!»

«Ne sei sicura?»

«Sì, ne sono sicura...»

Per il resto della serata, nessuno dei ventisei membri dell'equipaggio osò bussare alla suite di Paraskevopoulos. I cristalli che pendevano dalle pareti del lungo corridoio brillarono a lungo. Il sole, per chi poteva permetterselo laggiù a Singapore, tramontava più tardi.

*

Nice - Promenade

Ore 15:10

Il lussuoso Meridien rappresentava tutto ciò che il buon Chamonier aveva cercato di combattere, invano, durante la sua carriera di albergatore. Le pareti della hall erano pulite ma spoglie, pessimamente colorate di neri e di grigi, c'erano specchi decorati in maniera sterile, sembrava che un gatto randagio si fosse rifatto le unghie sulle mura. Flores entrò dalla porta laterale, quella utilizzata dai sudati facchini, i quali, nonostante il caldo, erano costretti a portare scarpe chiuse, calzini e buffi cappelli.

A dire di Chamonier, il concierge di sua conoscenza aveva l'aspetto di uno che riesce a farsi i fatti suoi e nello stesso tempo mette il naso in quelli degli altri. Flores si guardò in giro, non diede modo agli impiegati della reception di incrociare il suo sguardo, cercò oltre, e vide un bureau più piccolo e defilato: capì che lì avrebbe trovato il concierge. Prima di chiedere di lui, ascoltò, per caso ma con grande piacere, il seguente scambio di battute tra il concierge e uno dei facchini:

«Quanto hai fatto oggi?»

«Neanche la metà delle vostre mance.»

«Che cosa succede?» domandò il concierge.

«Non so, non ne ho più voglia.»

«Sei giovane, che ci fai chiuso in un hotel?»

«Mi devo mantenere, pagare l'affitto.»

«Lavoriamo tutti per pagare l'affitto.»

«L'uomo lavora da secoli per altri uomini, è come una legge naturale.»

«Tu pensi al contrario.»

Parlavano entrambi fissando le porte e muovendo poco la bocca, non si distraevano dal proprio lavoro neanche per un istante.

«Io penso soltanto quello che sento, per me pensare e sentire hanno lo stesso valore.»

«Avresti dovuto fare il filosofo.»

«I filosofi pagano l'affitto?»

«Non so, probabilmente no.»

«Allora sì, avrei voluto farlo.»

«Quando incominci con i sospiri mi ricordi Chamonier Chamarande!»

Olivier Flores allungò il collo e ascoltò più attentamente. Il ragazzo chiese al vecchio concierge: «Chi è questo Chamarande?»

«Un collega. Da giovani abbiamo lavorato insieme al Royal, a quei tempi si facevano vere pourboires, tutti lasciavano la mancia!, dopo qualche anno qui dietro, potevi aprire un negozio, o comprare casa.»

«Adesso cosa fa questo Chamonier?, il filosofo o il concierge?»

«Nessuna delle due cose. Ha in gestione un alberghetto schifoso al terzo piano di un palazzo di rue Hôtel de Postes, rinomato per la sua clientela e per i matti che lo frequentano.»

«Chamarande, Chamarande, non lo conosco, non l'ho mai sentito da quando lavoro qui.»

«Dovresti passare la tua vita in un hotel, e dopo potresti dirmi che cosa ne pensi delle scelte di Chamonier Chamarande.»

Appena il facchino corse fuori per un check-in, Flores si mise una mano in tasca e chiese all'uomo più anziano:

«Mi serve uno chauffeur per tutta la giornata, mi hanno detto di rivolgermi a lei.»

«Certo signore, me ne occupo subito; che tipo di auto preferisce?»

«Una macchina silenziosa, scelga lei.»

«Posso chiederle il suo nome o il numero della sua camera?»

«Non ho una camera qui, alloggio al Royal. È stato lì che mi hanno parlato di lei; è lei il concierge?»

«Sì, signore, ci lusinga che abbia scelto di venire qui. Aspetti soltanto un minuto e le faremo avere lo chauffeur.»

Il concierge telefonò all'agenzia di noleggio; tenendo gli occhi bassi poteva guardare le scarpe del cliente e capire di che cliente si trattava. Flores non aveva chiesto il prezzo né specificato il tipo di auto, era vestito con abiti sportivi, come un milionario che non ama andare in giro sempre con completi di Hermès e sfoggia talvolta polo e pantaloni di cotone, forse molto costosi, ma dall'aspetto semplice. Si era comportato come un cliente ricco e bello; per il momento, benché si fosse dato da fare per tutta la vita, interpretava alla perfezione soltanto una di quelle due parti.

Il concierge sudava discretamente per non bagnare i polsini della camicia; pregustava la sua commissione. Nel frattempo domandò:

«Posso chiederle chi le ha parlato di me, signore?»

«È stato il direttore,» disse Flores.

«Non si meravigli signore, nel nostro lavoro capita di passarsi i clienti – se mi consente il termine. – Ruer lo fa spesso.»

«Anche noi medici ci passiamo i pazienti; se a qualcuno dei vostri clienti capita di ricoverarsi in ospedale, finirà per perdere il conto delle persone che se lo saranno passato.»

«È vero, non ci avevo mai pensato,» disse il concierge ridendo. Da vero professionista, riuscì a tenere basso anche il tono della risata.

Flores tornò serio: «Ad ogni modo, si sbaglia sul conto del direttore, perché non si chiama Ruer.»

«Davvero? Ero convinto che fosse Philippe Ruer. Mi sembra anche di aver parlato con lui qualche mese fa, quando abbiamo trasferito un gruppo di emirati presso il suo hotel.»

«Il direttore è Chamonier Chamarande.»

«Che cosa!?»

Flores provò un certo piacere ad ascoltare qualcuno che urlava tenendo la voce bassa.

«Mi dispiace che sia io a darle questa notizia, ma le informazioni che ha passato stamattina a Chamonier, le potrebbero costare il suo posto di lavoro.»

«Aspetti, aspetti un attimo, signore.»

«Vado di fretta. Se lo chauffeur è qui, vorrei partire.»

«Quello Chamonier, anche se fosse vero ciò che lei mi racconta, è sempre un pazzo e un visionario. Lo ha fatto perché si vuole vendicare.»

Flores rispose: «Detto tra noi, io non credo che sia così grave quello che gli ha detto.»

«Chamonier mi ha chiesto il numero di una cliente, le giuro che non glielo avrei mai dato se non fosse stato un collega.»

«Pare che gli abbia anche spifferato in quale camera ha dormito e con chi ha diviso le spese alla partenza.»

«No, questa è una bugia! Chamonier non me lo ha neanche chiesto.»

«Si tratta di una persona importante?»

«Una delle nostre migliori clienti. Ogni volta che lo yacht sul quale lavora passa da queste parti, la signorina Schwarz dorme nel nostro hotel, suite 802.»

«E chi paga il conto?, chi è l'uomo fortunato che condivide la suite con lei? Se quello che mi ha raccontato Chamonier corrisponde alla verità, le darò una mano appena la direzione le proporrà di firmare una schifosa lettera di dimissioni.»

Il concierge abboccò: «La signorina Schwarz era in compagnia del dottor Di Mello. È stato lui a pagare il conto, paga sempre con la carta e lascia la mancia in contanti.»

«Come pensavo. Può stare tranquillo, Chamonier racconta che la Schwarz divideva la camera con un emirato arabo e che lei li portava in giro in limousine.»

«Io?!, ma è assurdo!»

«Non si preoccupi; se la direzione dovesse accusarla, mi telefoni pure, questo è il mio numero, mi chiamo Gilles Le Goffe.»

«La ringrazio signor Le Goffe! Oh, Ecco la sua macchina, lo chauffeur è già qui.»

«Gli dica di aspettarmi due minuti, vado a ritirare dei contanti.»

Quando il giovane Flores uscì da quell'hotel, si sentì come dopo una visita ben riuscita, dopo la quale medico e paziente possono rilassare i muscoli delle tempie, sempre tesi per la masticazione a vuoto, tipica delle persone ansiose o di quelle troppo occupate per mangiare sul serio. Durante quella farsa, su qualcosa non aveva mentito: aveva realmente bisogno di soldi. Così decise di farseli prestare da qualcuno.

Sarebbe stato tutto più semplice se fosse andato al commissariato in boulevard Dubouchage e sporto denuncia per il portafoglio rubato, come chiunque altro, ma nella situazione in cui si trovava non era affatto una buona idea.

*

Hotel Wilson

Ore 16:10

Lungo le scale del Wilson, la puzza di muffa lo sorprese ancora: non si sarebbe mai abituato a gestirne il ricordo.

Chamonier lo salutò con il gesto di un amico che a una certa ora della giornata si incontra in questo o quel bar del quartiere e lo invitò a sedersi nella sala colazioni. Agapi era andata via da pochi minuti. Forse il profumo che si sentiva lungo il corridoio era il suo, ma Flores non domandò la conferma; erano soltanto ipotesi senza alcuna utilità.

Piuttosto, chiese a Chamonier:

«Non crede che sia arrivato il momento di raccontarmi di quelle borsette e delle sue belle amiche?»

«Quali borsette?»

«Non faccia lo stupido, Chamonier.»

Chamonier aspettò un attimo, si guardò in giro e disse: «Aspetti, adesso possiamo parlare, c'era ancora qualcuno di là.»

«Chi?»

«Ladri di statuette. Si metta giù, non si faccia vedere.»

«Allora?» chiese Flores sottovoce.

«Allora, che?»

«Le borse, Chamonier, e le sue amiche.»

«Eleni e Vasiliki. Non so dove siano dottore, glielo giuro.»

«Che cosa c'era nelle loro borse?»

«Non so neanche questo.»

«Lei non sa nulla, Chamonier!»

«So che gli omicidi hanno qualcosa a che fare con Eleni e Vasiliki. Si tratta di una di quelle intuizioni che ci pensano.»

«Ecco qua un altro filosofo…»

«Un altro che?»

«Lasci perdere.»

«Non mi guardi con quella faccia, mi fa sentire uno

stupido. Ma che cos'ha dottore?»

Flores si appoggiò allo schienale della sedia, che scricchiolò come la legna in un camino. «Sono un po' stanco,» disse debolmente.

«Vuole un biscottino alla cannella?»

«Mi spieghi un'altra cosa Chamonier.»

«Che cosa?»

«Lei sa che anche Manuel Costa era un medico, un buon medico.»

«Era qui per il congresso. Sarrazino e Costa erano attesi come relatori e...»

«E, cosa?»

«A quanto ne so, anche lei era invitato.»

«Chi glielo ha detto?, ha letto il programma sul Nice Matin?»

«Sì.»

Chamonier era imbarazzato perché sapeva più di quanto avrebbe dovuto.

«Non si preoccupi; il fatto che anch'io ero nella lista dei relatori non vuol dire che farò la stessa fine del dottor Costa.»

«Lo spero, mi era simpatico dottore, un giovanotto pieno di vita come lei! Venga qui, lasci che la baci.»

«La smetta Chamonier.»

«Mi dispiace di non esserle stato utile per la faccenda delle borsette.»

«Sappiamo che Eleni e Vasiliki ci debbono delle spiegazioni, sempre se riusciamo a trovarle.»

«Chissà dove si sono cacciate quelle due! Perché non prova a cercarle in Place Garibaldi?, sono sempre lì a passeggiare. Domandi al proprietario del bar accanto al cinema.»

«Mi parli di loro.»

«Cosa vuole che le dica?»

«Vengono spesso in hotel?»

«Spessissimo, vivevano qui. Ma adesso. Gliel'ho detto, l'ultima volta che le ho viste, la borsetta di Vasiliki era imbottita come un fagottino al cioccolato.»

La voce buffa di Chamonier mise Flores di buon umore; gli piaceva quella sua maniera di trascinare le parole per la fretta. Una stanchezza graduale gli impose di rallentare i movimenti; conosceva parte di quei sintomi, ma ignorava la malattia. Tuttavia, come tutti i medici, lasciò per ultimo il proprio caso e preferì occuparsi di quelli degli altri. Perciò diede un abbraccio a Chamonier – che ne aveva un estremo bisogno – e andò via.

Uscì dal cancelletto che dava sul cortile, per passare attraverso l'edificio alle spalle del Wilson e avvisarsi indisturbato verso casa.

La strada per il porto era tranquilla a quell'ora, una passeggiata gli avrebbe fatto bene, forse avrebbe trovato altre idee per il rebus sulla morte del rettore. L'indomani mattina erano previsti i suoi funerali.

Proprio mentre ci stava pensando, arrivò la telefonata della signora Nanou, la quale, con la voce vivace di chi prende parte a una vicenda, annunciò:

«Ho parlato con il dottore, ho parlato con il dottore!»

Gli eco da cinema della piscina diedero alle sue parole maggiore eccitazione.

«Aspetti, si spieghi meglio, mi faccia capire,» disse Flores.

«Il dottore che mi ha lasciato la prece per monsignor Sarrazino.»

«Le ha detto il nome?»

«Certo, è stata la prima cosa che gli ho chiesto: Vicky Di Mello, è un medico legale. Pronto, pronto, dottore?»

Flores chiese: «Le ha detto altro?»

«Mi ha chiesto che faccia aveva fatto.»

«E che faccia ho fatto?»

«Beh, dottore, lei ha sempre un bel visino: le facce che fa sono tutte belle.»

«La ringrazio, mi fa sentire la reginetta di bellezza delle piscine.»

«Il dottor Di Mello mi ha anche invitato ai funerali di domani mattina.»

«Allora si faccia bella, può darsi che dopo la funzione la inviterà a pranzo.»

«Lei scherza sempre.»

«La ringrazio, mi ha dato un'altra tessera del puzzle. A lei piacciono i puzzle?»

«No dottore, e non ne ho il tempo.»

«Beh, non piacevano neanche a me.»

«La saluto, devo tornare dentro, per parlare con lei ho lasciato i pavimenti a metà. Mangi qualcosa e si riposi dottore, la sento molto stanco.»

Era la seconda volta che sentiva il nome del dottor Di Mello, prima al Meridien poi dalla bocca della signora Nanou.

Svoltò quasi involontariamente in rue Saint François per attraversare la vecchia città. Doveva parlare con Di Mello e vederci chiaro sulle cause di quei decessi.

Camminò con calma, la sua corsa aveva lo spirito di una passeggiata. Lungo le stradine antiche della parte di Nizza più simile all'Italia, Flores si liberava dei passanti come se fossero ostacoli; si sentiva di nuovo il ragazzino che alla stazione di Nice Riquier fumava erba di nascosto e correva con i suoi amici sulla scalinata verso il secondo binario. Così continuava a sorridere nonostante la nausea crescente che a tratti lo faceva rallentare.

All'altezza degli archi di Saleya, fece una telefonata all'Istituto Medico Legale e chiese del dottor Di Mello. Rispose un'allegra infermiera che gli disse:

«Mi dispiace, ma il dottore non è qui.»

«Sa quando tornerà?»

«Domani mattina.»

«E non sa dove posso trovarlo?»

«Perché non prova al Roblot!»

«Noto una punta di disaccordo da parte sua.»

«Lasci stare, voi medici non fate altro che scherzare e le infermiere ne pagano le conseguenze.»

«Si riferisce alle cartelle che il collega le ha lasciato sul bureau?»

«Esatto; per il resto della mia vita non potrò muovermi di qui.»

«Andiamo, non esageri.»

«Non esagero, sono solo previdente.»

«Adesso la saluto, non si stanchi troppo.»

«Arrivederci dottore. Se vede il suo collega prima di andare a giocare a golf, gli dica che le pratiche dell'ospedale si stanno moltiplicando come i funghi dopo la pioggia fitta.»

«Fitta, dice?»

«Molto fitta.»

«Glielo riferirò senz'altro.»

«La ringrazio dottore.»

Flores non aveva mai giocato a golf, ma non era il momento di discutere delle abitudini dei medici e dei loro screzi con le infermiere. Se era vero che queste ultime svolgevano gran parte del lavoro, non era certo il momento di tessere le loro lodi.

Ripose il telefonino nella tasca dei pantaloni, quei pantaloni sportivi che aveva indossato a lungo prima di diventare medico, e ritornò agli edifici Roblot.

Di Mello non era neppure lì.

*

Singapore

Mercoledì mattina, ore 05:30

Sul volto pulito di Tanja Schwarz si leggeva indecisione mentre guardava il sole rosso dietro il mare e le navi mercantili che si riflettevano nell'acqua scura. Alle sue spalle sorgevano i grattacieli; le piattaforme di carenaggio erano talmente grandi che sembrava di essere su un'isola di cemento, il giallo e l'arancione delle gru erano colori allegri, dopotutto. Le strapparono un sorriso.

Nonostante fosse abituata ai cambi di fuso orario, questa volta Tanja era davvero distrutta. Il suo uomo a

Nizza l'aveva accolta con la cinica segretezza della loro relazione; lei aveva consumato le lenzuola dell'hotel con l'avidità di una leonessa sulla sua preda ancora viva, insieme, avevano condiviso un pasto dal sapore pulsante del sangue vivo.

Naturalmente il ricco Paraskevopoulos non ne sapeva nulla; aveva aspettato il ritorno di Tanja con ansia, benché le ragazze pagate per lui dal personale dello yacht avessero accontentato ogni sua richiesta. Comprare la più esperta delle prostitute locali era un gioco che dopo un po' di anni poteva stancare, un'affermazione facile e disgustosa del suo potere fuori dello yacht. Avere Tanja Schwarz nel suo letto, invece, era una vittoria comune a pochi uomini, un'illusione d'amore.

Da quella relazione così insipida, Tanja ricavava alcuni privilegi economici e professionali: per il suo lavoro a bordo guadagnava mille dollari la settimana; era sempre in viaggio, o alle feste condite di champagne e cocaina in luoghi dei quali non avrebbe mai conosciuto l'esistenza se fosse rimasta a Nizza, in una camera d'albergo, tra le braccia di un semplice medico legale.

La suite era chiusa a chiave; il soffitto della cabina era ovattato, c'erano tessuti pregiati che ricordavano vagamente lenzuola pulite color caramello.

La differenza tra Tanja Schwarz e le prostitute di Singapore, per lui, esisteva esclusivamente fuori dal letto. E mentre il ritmo costante del corpo di Paraskevopoulos, privo di inventiva, le faceva tornare in mente le immagini indimenticabili del suo viaggio in Europa, lei cercava di trarne un piacere almeno fisico.

Il greco si divertiva a viaggiare a bordo dello yacht per diversi mesi l'anno; il resto del tempo, in genere da dicembre ad aprile, rimaneva nella sua enorme villa a Monaco, a pochi chilometri dalla città di Olivier Flores, città nella quale sorgeva il palazzo dell'Acropolis.

Paraskevopoulos ora era disteso e fissava le sue bottiglie costose come se queste potessero parlargli; si voltò per un attimo a osservare la pelle dura della schiena di Tanja; la ragazza si stava rivestendo per andare a chiedere a Pratama, lo chef di bordo, di preparare la colazione.

Si era infilata il vestito senza indossare il reggipetto; la lunga cerniera sul fianco fece comprimere i seni come prigionieri di un'ingiusta legge sociale, la pelle sudata delle spalle brillò un po' mentre si avviava verso la porta. I suoi occhi non parlavano da ore, erano rimasti in un mutismo mentalmente instabile.

IV

Cimitero dello Château

Mercoledì, ore 12:40

P er un giorno intero e per tutta la notte, Olivier Flores aveva aspettato il momento in cui il suo collega della Medicina Legale gli avrebbe dato qualche spiegazione su cosa stava accadendo. Inutile interrogare le infermiere che collaboravano con Di Mello e gli enigmatici impiegati di Roblot. Quel mercoledì mattina si svolgevano i funerali del rettore Sarrazino. Flores avrebbe incontrato Di Mello proprio lì.

A Nizza, il primo mercoledì di ogni mese, a mezzogiorno, suona la sirena generale per l'esercitazione antiatomica. Quel suono prolungato – e angosciante per chi non lo conosce – si mescola alle campane della cattedrale e al cannone, anch'essi puntuali tutti i giorni a mezzogiorno. Stordito da quel mélange di rumori familiari, Flores saliva le scale ampie della vecchia città. In cima, si rese conto di essersi fermato quasi a ogni tornante. La strada per salire all'antico cimitero era piuttosto calda. Flores da ragazzo era fuggito spesso lassù con i suoi amici. Il parco dello Château è da sempre pieno di giovani asini scappati dalle scuole.

Avrebbe incontrato di nuovo il medico legale incaricato dell'autopsia sul corpo di Sarrazino; si ricordò del rettore e dell'aria fredda uscita dalla cella numero 16, la stessa di un frigorifero dal quale si tira fuori un chilo di bistecche.

Scorse il medico da lontano, tra la folla che veniva dal cimitero: stava conversando a bassa voce per non disturbare la frescura della collina. Flores notò che Di Mello indossava ancora i pantaloni macchiati di caffè. A meno che non fosse un tipo romantico, che conservava sui propri vestiti i ricordi degli avvenimenti più strani, quell'uomo non aveva avuto il tempo di tornare a casa per cambiarsi, benché fossero passati due giorni. Probabilmente, aveva dormito in albergo; la storia del concierge adesso sembrava più vera. Flores però aspettò di parlare con Di Mello per confermare le sue ipotesi.

Al funerale di Douglas Sarrazino, il cinque maggio, erano presenti centinaia di persone. Tutti quelli che avevano fatto in tempo a lasciare il posto di lavoro, erano accorsi sulla collina e adesso stavano ritornando alle proprie attività, rasserenati dal sorriso tranquillo di quelle preci che stringevano tra le mani. Quando Flores le notò, si rese conto che erano appena state distribuite e che la copia che lui possedeva era davvero la stessa. Anche per quello, avrebbe voluto chiedere delle spiegazioni.

Vide avvicinarsi il medico legale. I grossi cipressi emanavano un odore simile a quello di Roblot. Quando furono abbastanza vicini, ebbero questa conversazione:

«Ecco il giovane psicologo figlio di papà!»

«Vedo che ha una macchia sui pantaloni. Vuole un fazzoletto?»

Di Mello si guardò i calzoni, diede un tiro lungo e regolare alla sigaretta che aveva sempre in in bocca, e disse: «Un sacco di gente, vero?»

«Proprio tanta; si sentono i pianti e le preghiere dei fedeli.»

«Sarrazino era un uomo di Chiesa, al suo funerale ci si aspettavano pianti e preghiere. Non tutti sono cinici e razionali come noi.»

«Non lo sono,» disse piano Flores, «ma devono accettare che fra un'ora tutto tornerà alla normalità, ognuno nel suo ufficio, con i figli da tirare su e i problemi di soldi.»

«Tu hai figli Flores?»

«Non ancora, sono sposato da poco e mia moglie non c'è mai. E lei?»

«Neanche io. Ma se ne avessi non te lo direi.»

«E perché?»

«Per evitare ricatti.»

«E sua moglie?» chiese Flores.

«Mia moglie ascolta quello che vuole ascoltare. Se tu le raccontassi una storia su un hotel della Promenade, ad esempio, lei se ne fregherebbe. È lo stile di vita che conta.»

«Comunque non voglio ricattare nessuno, non l'ho mai fatto.»

«Che cos'hai, sei stanco Flores?»

Anche Di Mello si accorse che il ragazzo non stava affatto bene, sudava e respirava affannosamente. Il flusso di gente intanto li avvolgeva come l'acqua inarrestabile di un torrente.

«Mi sento molto debole, devo mangiare qualcosa e riposarmi un po'.»

«Allora che ci fai al cimitero?»

«Volevo parlare con lei, chiederle un paio di cose. Cose come questa.»

Flores mostrò a Di Mello la prece che custodiva nella tasca. Quando l'aprì, il medico cambiò espressione come se, dopo un break, l'attore stesse ritornando nel personaggio. Gettò la sua sigaretta per terra senza spegnerla e senza dare l'ultimo tiro tipico dei fumatori appassionati.

«Dove l'hai trovata?» chiese.

«È stato lei a farmela consegnare ieri mattina; l'ha lasciata in piscina, all'addetta alle pulizie.»

Bastava voltarsi, l'Acropolis era proprio sotto la collina, con un binocolo si poteva leggere la scritta di bronzo sulla facciata del palazzo dei congressi. La città non era molto grande, era tutta lì.

«Non ho mai visto quella prece prima di stamattina, non sono mai stato in quella piscina.»

«Non capisco.»

«Nemmeno io, Flores.»

I due medici si avviarono lungo la discesa; il clima avvertito in cima si andava affievolendo. La morte si dimentica presto, i rumori del mercato di Cours Saleya sono i rumori della vita. Si fermarono in un bar poco illuminato, scelto a caso, e si sedettero uno di fronte all'altro. Chi dei due sapesse, era ancora da chiarire.

Il bar in cui Di Mello e Olivier Flores discussero della morte di Sarrazino si chiamava Le Perroquet, oggi chiuso, sopravvissuto soltanto nei ricordi dei due medici. Quel bar ai piedi della collina era uno degli ultimi prima dei ripidi gradoni, nascosto dalla gente. L'insegna era vecchia e sporca, raffigurava un pappagallo con le piume sfatte, invecchiato assieme al locale.

Di Mello chiese: «Di' un po' Flores, sai di essere ricercato?»

«Sì, ma che importa! La polizia ignora molte cose che noi sappiamo riguardo agli omicidi.»

«Non capisco perché non vuoi raccontargliele.»

«Preferisco che ogni rivelazione venga fatta al momento giusto per non guastare tutto con una bella sciorinata.»

«Sei un tipo strano; te lo hanno mai detto?»

«Me lo dice sempre mia moglie.»

«Quando è a casa.»

«Esatto, quando è a casa.»

Risero.

«E per il resto del tempo?»

«Per il resto del tempo cerco di convincermi del contrario,» disse Flores.

Di Mello venne al dunque.

«Allora, che cosa vuoi sapere sulla morte di Sarrazino?»

«Mi dica dell'autopsia.»

«Quelle sono informazioni riservate, conosci il nostro lavoro.»

«Sì, come no! Conosco la riservatezza dei medici legali.»

Di Mello non era il tipo da prendere con la psicologia

inversa; non c'era niente di peggio per Flores, abituato a ridere di tutti, che avere a che fare con uno come lui.

«Gradisci un po' di tè verde bollente?» disse il medico legale.

«Si vuole vendicare?, me lo versi pure su una mano.»

«Ah, tu mi fai perdere la voglia!»

«Chi ha ucciso il rettore Sarrazino?»

«Non posso sapere *chi*. L'autopsia ha rivelato *che cosa* lo ha ucciso.»

«Che cosa, dunque?»

«Togli quella mano da lì ragazzo, non ci verserò il tè.»

«Dunque?»

«Non posso dirtelo. Segreti professionali.»

«Forse ha ragione…» disse Flores cambiando tono. «E la signorina Schwarz?»

«Che cosa c'entra adesso la signorina Schwarz?!»

«Voi due avete una relazione, me lo ha confidato lei poco fa, al cimitero. Ci sono centinaia di morti che possono testimoniare.»

«Io non ti ho confidato proprio nulla, non fare lo psicologo con me. E perché ora mi chiedi di Tanja?, non capisco dove vuoi arrivare Flores. Voialtri siete insopportabili.»

«Lei sa che Tanja Schwarz, dopo aver trascorso la consueta notte d'amore al Meridien con il suo amante – che certamente non è affatto lei, – ha dormito nella camera 6 dell'hotel più malfamato della città? In quel postaccio non c'era una sola camera nella quale ha dormito un cliente abituale, come se ognuno di noi fosse finito lì per una strana casualità! E tre dei clienti – deve sapere almeno questo – sono finiti sotto i suoi ferri per un'accurata autopsia ordinata dalla polizia.»

Di Mello chiese: «Perché dici *noi*? C'eri anche tu in quell'hotel?, è lì che hai incontrato Sarrazino?»

«No, lo conoscevo dai tempi dell'università, come le ho spiegato prima di rovesciarle il caffè bollente addosso.»

«Quello è uno dei mali peggiori al mondo, perché sotto i calzoni ci sono le tue gambe. Comunque, non sapevo che Tanja avesse dormito al Wilson, credevo che fosse a Monaco, o a bordo dello yacht.»

«Mi dispiace contraddirla Di Mello, ma lo yacht V in questo momento è a Singapore. Grazie alle sue negazioni credo di incominciare a intuire qualcosa.»

«Tu intuisci troppe cose e ne racconti troppo poche. Sei una di quelle persone dalle quali è bene tenersi alla larga.»

«Se non vuole conoscere la verità, vada pure. – Lasci, offro io, le devo un caffè. – Ma se vuole aiutarmi a capire cosa è successo quella notte, resti a chiacchierare ancora un po' con me.»

*

Singapore

Ore 22:00

Da bambino, Paraskevopoulos era stato povero; poi si era schifosamente arricchito. Il suo nome era su tutti i tabloid, puntato dalle telecamere della metà marcia del mondo, quella che poneva la ricerca della ricchezza in prima pagina, prima della ricerca della felicità. Perciò il greco rideva sempre quando una nuova rivista si vantava di avere in esclusiva le fotografie dello yacht o della sua villa.

Paraskevopoulos aveva rinviato la lettura del rapporto medico appena ricevuto. Era molto più curioso di osservare le nudità della giovane e brillante Tanja Schwarz. Ma adesso che era rimasto solo, si era deciso a infilare una pen-drive in un apparecchio venuto fuori dalla parete.

Il rapporto consisteva nella descrizione dettagliata delle autopsie eseguite sui corpi di Sarrazino Divizio e Costa. Si era procurato quei documenti all'insaputa del medico legale. Di Mello non aveva neanche avuto il tempo di cambiarsi i pantaloni; figurarsi se si era accorto che le autopsie erano finite nelle mani sbagliate!

Tanja si era appena rivestita e si era intrufolata nei locali di servizio del lussuoso yacht alla ricerca dello chef; scalza, sembrava una ballerina senza musica. Il lungo viaggio dalla Francia, i due amanti in due giorni, le loro passioni sedate con maestria, e quel tocco di paura e follia che caratterizzava il suo personale ruolo nel mondo, le avevano messo una certa fame.

L'itinerario prevedeva una sosta alle isole Tioman. Nel frattempo, tutti si godevano i giochi concessi ai milionari. Sotto gli occhi di centinaia di operai occupati a caricare e scaricare container enormi e colorati, gli amici di Paraskevopoulos utilizzavano le moto d'acqua per inquinare la baia tranquilla con rumori e risate.

Tanja Schwarz era di origini svizzere, cresciuta con genitori francesi, parlava correntemente cinque lingue; era dotata di un'intelligenza e di una bellezza pericolose, e Di Mello ne era una vittima cosciente e devota. Tanja si era chiesta più volte come sarebbe stata la sua vita se fosse rimasta a Nizza, con lui.

Quando ebbe trovato lo chef Pratama, thailandese piccolo e svelto, chiese di prepararle qualcosa di leggero, le piacevano soprattutto i piatti orientali a base di verdure e frutta secca; avrebbe mangiato in terrazza. E alla domanda dello chef, il quale chiedeva sempre per dovere e per piacere, Che cosa vuole mangiare il capo per cena?, lei rispose allegramente: «Non sono affari miei!»

*

Vieux Nice

Mercoledì pomeriggio

Convinti della possibilità di un omicidio molto più che casuale, Vicky Di Mello e Olivier Flores lasciarono il

Perroquet e presero rue Droite, in direzione Garibaldi, per continuare a discutere in un posto più tranquillo. In quanto a loro, decisero di fidarsi l'uno dell'altro.

Il medico legale aveva intenzione di mostrare a Flores i risultati delle autopsie; una copia dei referti doveva essere inviata al Dipartimento tramite posta elettronica. Di Mello custodiva tutto nel proprio computer, a casa sua, in rue Bonaparte. Mentre rallentavano i discorsi per dosarne la durata fino alla fine della passeggiata, il medico legale osservava il ragazzo e cercava di nascondere una sorta di inaspettata preoccupazione sul suo stato di salute.

Sembrava che Flores stesse peggio, era pallido e si muoveva lentamente, più lentamente di quando era schizzato fuori dal bar di rue Sainte Marguerite. Perciò gli chiese: «Come ti senti?» «Gliel'ho detto, ho bisogno di una bistecca,» rispose Flores.

Attraversarono la piazza e imboccarono rue Bonaparte, una stradina piena di bar e motorini. Si fermarono davanti a uno dei palazzi più vecchi, una puzza di benzina e cipolle saliva dal fondo del vicolo. Flores pensò che il collega volesse orinare.

«Siamo arrivati, abito qui, all'ultimo» disse invece Di Mello.

L'appartamento del medico legale era all'ultimo piano di quello stabile fatiscente vicino al porto. Le mura scorticate; dal portone era stata divelta la serratura; appena entrarono venne fuori una puzza di piscio dal fondo del corridoio. Flores non avrebbe mai immaginato che, nonostante i lauti pagamenti per il suo lavoro presso Roblot, Di Mello se la passasse così male.

C'era un cartello scritto in rosso, affisso in alto sull'entrata:

AUTORIZZAZIONE PERMANENTE
DI ACCEDERE ALLE PARTI COMUNI
CONCESSA ALLA POLIZIA E ALLA
GENDARMERIA

Quando il ragazzo lo lesse, Di Mello si voltò e disse:

«Non è per questa ragione che il portone non ha la serratura. L'hanno rotta gli inquilini dell'ultimo piano.»

«Avevo capito che all'ultimo ci abitasse lei.»

«C'è ancora un piano sulla mia testa, una mansarda; sono stati loro a portare via la serratura perché nessuno gli ha dato le chiavi.»

Appena furono su, il primo per colpa delle sigarette, l'altro per la recente debolezza, ripresero fiato e aspettarono che un'ondata di calore si disperdesse sotto le lamine di plastica del solaio. Una scaletta dava accesso al piano sopraelevato; Flores curiosò mentre Di Mello cercava in tasca le chiavi per aprire la fragile porta di legno. Tutto era buio, ma allo stesso tempo illuminato da un certo riflesso sbiadito.

La casa era spoglia, percorsa da correnti di vento da una parte all'altra; c'erano pochi mobili e poche tracce di vita domestica. Si sedettero in cucina. Sul tavolo, in un posacenere di alluminio, galleggiavano le ultime fumate solitarie di Vicky Di Mello.

Sotto il balconcino correvano a strapiombo tutti i piani superati per arrivare lì. Il silenzio del quartiere e del vicolo sul quale affacciava la casa era palpabile; Flores ne avvertì l'incompletezza.

«I risultati delle autopsie sono qui. Dammi il tempo di accendere il computer e saprai tutto quello che è successo al Wilson l'altra notte.»

Il tono del medico era finalmente amichevole.

«Ci avete messo soltanto un giorno!, lavorate sodo al Roblot quando volete.»

«Noi almeno non rubiamo soldi alla povera gente dopo averla convinta che il suo equilibrio psichico è instabile...»

«Non sa mai tenere per sé quello che pensa. Mi chiedo come possa essere un medico.»

«Se tutti i medici facessero come me, la gente avrebbe le idee più chiare sulla medicina.»

Flores rise: «I pazienti non hanno studiato dieci anni per capire tutto; devi sapere cosa dire e cosa non dire.»

«Perché ti ostini tanto?, ognuno fa il proprio mestiere come meglio crede,» disse Di Mello.

«Questo vale per tutti i mestieri tranne quello del medico.»

Di Mello restò in silenzio fissando il suo computer, parlò come ad uno specchio. «Non capisco,» disse.

«Lo so, non mi aspettavo che capisse.»

«No, non capisco che cosa succede qui dentro.»

«Qui dentro, dove?» chiese Flores.

«Il computer. Non trovo più il file con le autopsie!»

«Guardi bene, usi l'opzione di ricerca.»

«Lo so usare giovanotto, che cosa credi?, e se ti dico che il file non c'è più, non c'è più!»

Flores provò a fare i conti: la prece funebre consegnata alla signora Nanou in piscina non veniva dalle mani del medico legale; c'era un barbuto vestito con abiti grigi che lo aveva seguito dagli edifici Roblot fino al palazzo dello sport; quel tizio visto all'ingresso di Roblot e sugli spalti della piscina poteva essere la stessa persona che aveva rubato i suoi documenti dall'armadietto; e adesso le autopsie dei tre medici morti erano sparite.

Poca lucidità per ragionare. Una sensazione eclissante tornava a offuscargli la mente. Di Mello se ne accorse e gli chiese di accettare delle medicine.

Ridendo Flores chiese: «Che cosa mi prescrive, dottore?»

«Queste.»

«Sembra una ricetta un po' vaga.»

«Anch'io al tuo posto non mi fiderei di nessuno.»

«Allora perché vuole darmi delle pillole, se non le prenderò?»

«È una questione di coscienza.»

Il telefonino di Flores suonò proprio mentre Di Mello si stava accingendo a rivelare qualcosa di interessante. Uscì dalla stanza per lasciare che il ragazzo rispondesse:

«Ufficio del dottor Flores, il mio affascinante direttore non è disponibile.»

«Senta un po', lei: non sarà mica la segretaria italiana che avevo ordinato di licenziare il mese scorso?»

«Esatto signora Flores, sono proprio io, e mi sto occupando del dottore con tutte le premure del caso. Può stare tranquilla.»

«Brutta piccola meschina streghetta!, se lo tocchi soltanto con una delle tue dita rifatte…»

«Hmmm, diventiamo minacciose!»

«Gli dica che ho chiamato e che mancano pochi giorni alla mia irruzione nello studio.»

«Vuole dire che ci caccerà via tutte?!»

«Come sarebbe, *tutte*?!, in quante siete?»

«Vediamo un po', oggi siamo soltanto in tre, il dottore non si sentiva tanto bene.»

«Beh, gli dica di rimettersi in forma per il mio ritorno. E badi bene a lei!»

«D'accordo signora, ci proverò.»

Uscendo, Flores si guardò nelle mani: le pillole che il collega gli aveva dato non recavano il nome commerciale né quello della molecola. Era imprudente ingoiarle senza sapere cosa fossero. Eppure, forse a causa del dolore alla testa e della strana stanchezza che lo stavano preoccupando da due giorni, se le mise in tasca con un debole sorriso mentre tirava verso di sé la porta senza serratura e si avviava di nuovo nella strada in salita.

All'angolo con rue Cassini, si fermò e telefonò all'hotel. La voce di Chamonier lo accolse e lo sorprese:

«Hallo!»

«Chamonier?, è lei?, non ha risposto con la consueta formula del Wilson.»

«Sto provando ad abituarmi dottore, questo è solo un telefono, io sono un uomo disturbato e lei è uno che ha chiamato a questo numero. Probabilmente farò cambiare anche il numero. Sì, credo proprio che lo farò cambiare. S'immagina che strazio se ogni volta che chiama un povero disgraziato alla ricerca di una stanza per dormire, io fossi costretto a dargli tutte le spiegazioni, mi dispiace, non posso accoglierla, cerchi ancora, la città è grande, grandissima, è piena di hotel!»

«La smetta Chamonier. Avevo capito già quando ha

detto *hallo*.»

«Allora perché non mi ha interrotto?»

«È quello che ho fatto, Chamonier. Ci sono novità?»

«Ci sono novità?»

«La mia era una domanda.»

«Non avevo capito dottore, ma è colpa sua: ha un tono smorto che non pare né una domanda né un'affermazione.»

«Dunque? Ci sono novità Chamonier?»

«Sì, una: ho trovato gli appunti del dottor Costa, infilati tra i fumetti nel bagno di servizio.»

«Sono intatti?»

«I fumetti?»

«No, gli appunti!»

Chamonier si prese il tempo di analizzare quello che aveva in mano e rispose: «Mi sembrerebbe di sì.»

«Li nasconda, non se li faccia portare via dai ladri di statuette.»

«Non si preoccupi dottore, li metto al sicuro.»

«E che cosa ha scoperto di interessante in quegli appunti?» chiese Flores sospirando.

Chamonier confessò: «Non ci capisco nulla, sono scritti in portoghese.»

*

Medicina Legale, Pasteur

Giovedì pomeriggio

Un mese di maggio dei più strani mai visti a Nizza, un'atmosfera vagamente irreale.

Probabilmente, per il resto della giornata di mercoledì, Flores aveva cercato di riposare e di non badare al suo malessere; dopotutto, si era manifestato soltanto per brevi minuti e in occasioni isolate: la prima volta quando era uscito dall'acqua e aveva visto quell'uomo con la barba; l'ultima, mentre parlava con Di Mello nel suo appartamentino.

Quella mattina, Flores si svegliò con difficoltà.

Le domande aumentavano: chi era Agapi?, dov'erano finite Eleni e Vasiliki? e dov'era finito il pesce Cometa sparito dal suo acquario?

Era il terzo giorno in cui lo studio di Avenue Clemenceau restava chiuso; quando gli venne in mente, si sentì in colpa come uno studente che non va a scuola per tre giorni di fila. Fu tentato di passarci, poi scartò l'idea e si infilò ancora i pantaloni sportivi e una polo chiara, che metteva in risalto i muscoli delle braccia e la larghezza delle spalle. Il quaderno del Wilson sempre stretto. Le sue mani erano serie e prive di indecisioni mentre muovevano o si muovevano. Diede da mangiare ai pesci e uscì. La finestra restò semi aperta.

Prima di avviarsi verso il centro, si fermò in una boulangerie di rue de la République per mangiare qualcosa. Nella fila alla cassa incontrò l'amministratore, un ingegnere di Marsiglia, il quale lo chiamò per nome. Si conoscevano da molto prima che il primo diventasse ingegnere e l'altro, medico:

«Anche tu compri la colazione qui Olivier?»

«A volte. Fanno dei buoni panini.»

«Non sei allo studio oggi?, oh, stai andando in piscina?»

«Mi sto occupando di altre questioni.»

«Di che tipo?» chiese l'amministratore.

«Aiuto un amico a rimettere in ordine il suo hotel.»

«Generoso.»

«Diciamo così. Allora, avete finito con i lavori di manutenzione?»

«Quali lavori?» L'ingegnere sembrava sorpreso.

Era il loro turno. Flores non si stupì per le loro parole. L'ingegnere, sì.

«Un club-poulet per favore. I lavori di manutenzione delle terrazze. Grazie signorina.»

«Non so di cosa parli, Olivier!»

«Lo immaginavo, fa' come se non ti avessi chiesto nulla.»

«Se facessero dei lavori sulla tua terrazza, io sarei la seconda persona ad essere avvisata. Grazie signorina.»

Flores scappò via: «Ci sentiamo. Buona giornata signorina.»

«Arrivederci dottor Flores, me lo faccia sapere quando divorzia.»

«Senz'altro signorina.»

Era una conferma che si aspettava, aveva capito che la lettera dell'amministratore era falsa. Qualcuno aveva fatto in modo che lui e gli altri medici dormissero al Wilson quella domenica notte. Quindi, se avesse scoperto cosa avevano in comune quelle dieci persone, lui compreso, avrebbe capito anche perché tre di loro ora erano sotto terra.

Aprì di nuovo il quaderno dell'hotel; sorrise osservando la grafia simpatica di Chamonier. Sembrava che il registro fosse stato riempito da un bambino di nove anni.

Per investigare sulla cliente della stanza 7, Agapi, per prima cosa andò alla Medicina Legale, presso l'ospedale Pasteur. Era il posto dove Di Mello prestava servizio; non lavorava esclusivamente per Roblot, ma divideva il suo tempo tra le due strutture. Flores non se ne stupì: l'ambiente sanitario nizzardo è ristretto e saturo di luoghi e persone che si incrociano.

Appena varcò il cancello dell'ospedale, si ricordò di nuovo del suo studio. Poi dovette pensare di essere giustificato; dopotutto stava adempiendo a pieno le sue promesse professionali. Un vero medico è senz'altro disposto a tenere chiuso il proprio studio qualche giorno per una giusta causa come quella di Chamonier Chamarande. Tuttavia, per l'idea vaga che la ragione del suo interesse fosse da ricercare in quella figura ancora sconosciuta, quella certa Agapi, dovette ammettere a se stesso che nessun medico era tanto abile nel prendersi in giro come lo era stato lui.

Lungo la strada per il Pasteur c'erano diverse ville private e alcuni centri per anziani. Le ville si assomigliavano, la luce le rendeva più grandi; il vento, invece, più misteriose, perché salate dalla sabbia e addolcite dai fumi delle boulangerie. Flores entrò dall'ingresso inferiore con l'aria familiare di chi sa già cosa aspettarsi da una visita, o conosce già il posto, da buon medico della zona.

Un'infermiera, che portava un paio di occhiali rossi screziati di brillantini, gli andò incontro e disse: «Il centro è chiuso, dottore, torni domani.»

«Come fa a sapere che sono un medico?»

«Ho tirato a indovinare, non aveva referti nelle mani.»

«Avrei bisogno che lei mettesse per un minuto la sua perspicacia al servizio della medicina.»

«Questo è facile, sono un'infermiera.»

«Si fermi un attimo signorina.»

«Parli mentre cammina. So che per lei è difficile.»

«Perché dovrebbe?»

«Perché è un medico ed è abituato a far camminare gli altri.»

«Il mio collega, Vicky Di Mello, lavora qui?»

All'ingresso della struttura, il medico e l'infermiera con gli occhiali rossi dipingevano con le loro silhouette un antico dipinto.

«Sì, occasionalmente,» rispose lei.

«Quanto occasionalmente?»

«Non saprei.»

«In quali giorni?»

«Gliel'ho detto, non lo so.»

Flores cambiò approccio.

«Mi sa dire se è passata di qui una ragazza greca di nome Agapi?»

«Lei lo sa dottore, non posso darle informazioni del genere. Voi medici ve le passate con estrema facilità, ma questo non obbliga me a fare lo stesso.»

«Faccia un'eccezione.»

«Non mi guardi così dottore, si allontani.»

«Si allontani lei,» disse Flores.

«Devo chiudere il cancello a chiave. Ordini superiori.»

«Anche io potrei darle degli ordini.»

«No, lei non può. Ma che cosa avete, tutti quanti, con questa smania di comandare!»

«Se mi dice dove posso trovare la ragazza greca, le prometto di non riferirlo a nessuno, né ai suoi colleghi né ai miei. Sarà un nostro segreto.»

«Non voglio avere segreti con lei, odio i segreti.»

Gli occhialetti rossi della ragazza scivolarono sul naso e le sue pupille divennero più vivaci ma meno luccicanti.

Flores disse: «Agapi ha assistito ai tre omicidi sui quali sta indagando il dottor Di Mello.»

«Anche quando parla di omicidi sembra che racconti una barzelletta. Ma chi è questa Agapi?»

«Una cliente del Wilson, un hotel a ore in cui si dava alloggio a chiunque.»

«Adesso non si fa più?»

«No, perché è stato chiuso dalle Forze dell'Ordine.»

L'infermiera si lasciò distrarre dal petto ampio di Flores e non badò al resto della conversazione; quello lì era senz'altro il medico più bello che lei avesse mai visto! Non glielo disse, ma non seppe nascondergliélo.

Flores continuò: «Temo che Agapi nasconda qualcosa a voi e a me. Questa Agapi è tanto importante quanto misteriosa.»

«La smetta dottore, non so come contraddirla. Si allontani, mi lasci chiudere il cancello, lei sa già tutto quello che deve sapere.»

«È sicura di non conoscere alcun altro dettaglio che possa essermi utile per le mie ricerche?»

«Di che ricerche si tratta?» chiese lei; era esausta. Lassù la facevano lavorare troppo.

«Roblot e Medicina Legale,» rispose Flores.

«Allora, in questo caso, le dirò con piacere tutto quello che so. Mi ha convinta.»

La giovane infermiera si sistemò gli occhiali, ora i suoi occhi sembravano più grandi e quindi più convincenti; aveva le mani appoggiate sul robusto cancello non ancora chiuso. Flores ascoltò con attenzione il resto della confessione; si avvicinò ancora, le loro parole divennero intime e dal sapore liberatorio. Gli alberi della collina spuntavano dai cancelli socchiusi. L'Ariane si estendeva nella sua desolazione di periferia; era il quartiere a ridosso del Saint Roch, quello in cui era cresciuto lui. Scorreva nel mezzo il fiume Paillon, che trascinava in centro polvere e pietre. Gli antichi pilastri sui quali si reggeva il Pasteur sembravano marci, rosicchiati dalla dimenticanza.

«Da quanto tempo Di Mello lavora in questa struttura?»

«Viene qui soltanto alcuni giorni della settimana. Lei deve sapere che il dottore lavora anche per il Roblot.»

«Lo so, è così che i miei colleghi guadagnano il doppio stipendio.»

«È invidioso? Guardi che può farlo anche lei.»

Il tono di Flores poteva essere frainteso; non stava pensando agli stipendi dei colleghi, né al Pasteur, ma al vecchio appartamentino in cui Di Mello lo aveva ricevuto. E si chiedeva ancora come fosse possibile che il medico legale viveva lì.

*

Appartamento del dottor Di Mello

Rue Bonaparte

Vicky Di Mello era un buon medico, era stato giovane come Flores, appassionato al suo lavoro e alla missione; aveva occhi buoni e cattive movenze. Entrambe le cose erano tipiche dei medici del suo Dipartimento, la conseguenza di una vita spesa a curare i morti. A cosa serviva diventare furbi ed eleganti, se chi ti stava davanti non poteva né ingannarti né apprezzarti? Era così che Di Mello si era guadagnato le sue attuali caratteristiche, senz'altro saltate all'occhio di Flores.

C'erano fatti – adesso che Olivier Flores era stato al Pasteur – che assumevano valori diversi, come se la visione della faccenda divenisse più chiara.

Dopo essere rimasto solo, Di Mello si rese conto di non aver detto tutto, ma anche che non ce n'era stato bisogno; quel giovane collega sapeva già troppo. Aveva insistito a dargli quelle pillole, per una questione di coscienza, aveva detto. Ora Di Mello si ripeteva che quella era la soluzione giusta, e soprattutto, l'unica in suo potere.

Si fermò sul balconcino della cucina, osservò le piante dei vicini, le vetrate rotte, e le mura scorticate. Flores aveva stentato a credere che un medico incaricato di casi importanti come quello di Sarrazino vivesse in un posto così fatiscente. Aveva sempre pensato che i suoi colleghi della Medicina Legale guadagnassero molto più di lui e aveva immaginato case su due livelli a Cimiez o villette con la piscina e il barbecue sulla collina del Mont Boron.

Anche Di Mello si stava chiedendo in quell'esatto momento perché vivesse lì. Rimaneva in silenzio quando era da solo, una dote che non possiedono tutti.

Era rimasto solo, dunque, ma questo, a Nizza, non era una novità. Si accontentava delle chiacchierate nel bar di rue Sainte Marguerite e delle giornate trascorse a eseguire autopsie per conto della polizia, per risolvere casi simili a quello del Wilson. Ripensò alle autopsie che erano nel suo computer, in una cartella nominata Caso Wilson. Adesso quella cartella non era dove doveva essere, e non esistevano copie. Se le autopsie non fossero saltate fuori, Di Mello avrebbe avuto un serio problema con la polizia mortuaria e col suo Dipartimento. Si rigirò tra le mani la cornetta del telefono e decise di chiamare al Roblot:

«Sono io, come va?» disse.

«Tutto bene dottore, abbiamo avuto il fax dai cimiteri, le altre due salme hanno fatto i bagagli! Ha poi avuto modo di parlare con il corridore?»

«Abbiamo chiarito tutto questa mattina, l'ho incontrato ai funerali di Sarrazino e mi ha spiegato le ragioni della sua innocente fuga dal bar.»

Di Mello non aveva raccontato a nessuno – neanche ai colleghi di Roblot – che cos'era accaduto realmente, né chi era implicato, né che cosa stava rischiando Flores in quel momento. Era sicuro di poter gestire tutto da solo, benché il monitor nero del suo computer rivelasse il contrario.

Continuò: «Avete già archiviato i documenti che erano sulla mia scrivania?»

«Tutto archiviato, non c'è spazio neanche per mangiare un panino qui dentro. Appena li ha trasformati in digitale per inviarli al Dipartimento, abbiamo…»

«Archiviato le carte.»

Il medico e l'assistente sapevano che archiviare voleva dire gettare nell'immondizia. Se qualcuno era morto, era morto. Una volta passata la questione alle autorità, a loro non importava più. Se potevano evitare di affogare nelle scartoffie era meglio. Tuttavia, proprio il giorno in cui Di Mello avrebbe dovuto consegnare il file, si era incontrato con Tanja Schwarz e se ne era dimenticato.

Mentre fissava le palazzine distrutte dal tempo, appeso al suo balconcino, il medico legale, il dottore cinquantenne che stava per mettere fine al suo lavoro, si domandò a lungo di chi sospettare. Quando abbiamo un sospetto possiamo reagire in tanti modi, correndo come Olivier Flores o rimanendo immobili su un balcone pericolante come Di Mello. Il medico trasse la conclusione che nessuno, eccetto una persona, avrebbe potuto mettere le mani sul suo computer.

Affrettò la conversazione e chiese al suo assistente di recuperare i dati dall'archivio. Di Mello e i colleghi di Roblot sapevano che al telefono era meglio non andare fieri della noncuranza con cui trattavano i dossier, sebbene si trattasse di dossier post mortem.

*

La ringhiera del balcone di rue Bonaparte era stretta nelle mani forti del medico legale; tutto il peso dei suoi cinquant'anni si faceva sentire come sabbia scaricata da un grosso mare. Ascoltò i suoni della città vecchia e conferì loro valori commemorativi.

Il giorno in cui Di Mello accolse Flores nel suo appartamento fu decisivo per la sua carriera, se non altro a causa delle conclusioni che poté trarre a mente fredda, adesso che Tanja Schwarz era partita. Finché la ragazza era a Nizza, non aveva riflettuto su ciò che stava accadendo. Ogni cosa era offuscata dietro veli di colori variopinti. Qualcuno direbbe che si trattava di un momento importante nella sua carriera. Qualcun altro, forse lo stesso Flores, avrebbe dedotto che si trattava molto più semplicemente di un uomo innamorato.

I vicini si accingevano a pranzare, era da diversi giorni che lui non si sedeva a una tavola vera e non mangiava vero cibo. Anche le cene con Tanja, a pensarci bene, non erano state poi così genuine. La giovane purser prediligeva ristorantini di lusso, cascate di frutta su

146

vassoi dai quali servirsi senza guardarsi negli occhi, oppure cocktail esotici dai colori accesi e il gusto triste di solitudine. Adesso Di Mello ripensava ai giorni trascorsi con la sua amante e capiva che non era stato affatto lui a darle quel ruolo. Si trattava piuttosto di uno di quei casi in cui chi arriva nella vita di qualcun altro ha un ruolo prestabilito.

Ripensava a Tanja e ascoltava i rumori e i densi profumi suonare nel vicolo, salire come vapore e giocare nell'udito. Su un terrazzo di fronte alla sua cucina, una vera famiglia mangiava il couscous e rideva per il gusto di ridere. Di Mello non aveva mai creduto all'allegra storia della famigliola perfetta, quella che in televisione è già pronta e scattante alle sette del mattino. Piuttosto, era persuaso che ognuna di quelle persone fosse felice per una ragione diversa, benché il risultato fosse lo stesso, visto da lassù. I loro sorrisi erano il resoconto di una vita dedicata all'amore. Perché lui non c'era riuscito? E perché adesso che il suo giovane collega lo aveva lasciato con l'ennesimo sorriso, lui non si sentiva più tanto sicuro di essere il medico impassibile, il freddo amante di Tanja Schwarz, l'uomo che ogni giorno parlava con i cadaveri di Roblot, ma un uomo molto più vulnerabile e forse persino più patetico?

Gli occhi del ragazzo e quelli del medico si erano incrociati per qualche istante, e in quel silenzio sottile come uno spiraglio tra la verità e la finzione si erano parlati, raccontati un po' del proprio passato. Infine, avevano guardato giù, fino alla tettoia sulla quale le vecchie vetrate distrutte attendevano invano di tornare in vita, ignare della loro irreversibile mortalità.

Le mani gonfie del silenzioso Di Mello erano sulla ringhiera, fredda, perché tutto su quel balcone era freddo, persino il suo corpo. Adesso si domandava che differenza c'era tra quel corpo che si ritrovava addosso e il corpo dell'innocente Sarrazino, ucciso in una squallida camera d'albergo.

Dagli appartamenti accanto si sentivano canzoni romantiche e fulmini lontani. Forse i fulmini erano reali, in quel clima tanto misterioso, così giallo e pieno di pioggia. Dal porto si sentì il richiamo di una nave in partenza, il pensiero di Tanja si fece più intenso. Poi suonò il telefono, era il suo assistente dal Roblot che lo sollevò almeno in parte annunciando:

«Le abbiamo trovate!»

«Bene, per fortuna.»

«Non erano ancora passati quelli che recuperano gli archivi per portarli all'enorme archivio cittadino, sa, gli addetti alla raccolta, quelli che girano di notte, in camion. Capisce che intendo?»

Di Mello non aveva voglia di scherzare.

«Non datele a nessuno che si spacci per medico o amico di un medico, datele soltanto a me.»

«Oppure potrei tornare a casa stasera, cenare con mia moglie e farmi spiegare come si fa l'amore, se se lo ricorda.»

«D'accordo, lasciale sulla scrivania, chiudete tutto a chiave e andatevene. Me ne occupo io.»

«Come preferisce. Se vuole, posso prendere un appuntamento con mia moglie, magari il mese prossimo, o per ferragosto.»

«Taouil!, non è colpa mia se abbiamo fatto i doppi turni. Le indagini hanno preso il tempo necessario.»

«Almeno abbiamo mangiato qualcosa al bar di Sainte Marguerite,» disse l'assistente Taouil.

«Per fortuna c'è il bar di Sainte Marguerite...»

«E lei salderà il conto.»

«Come ogni volta.»

«Adesso ce ne andiamo, fa caldo qui dentro quando fuori è mal tempo.»

«Colpa dei forni, Taouil.» Prima di agganciare, Di Mello aggiunse: «Gli altri hanno letto i miei rapporti?»

«Certo, le riviste di moda erano finite.»

«E cosa ne pensate?»

«Cosa ne pensiamo noi?, non ce lo ha mai chiesto cosa pensassimo noi dei suoi rapporti.»

«Questa volta vorrei saperlo.»

L'assistente, lo stesso perito che aveva collaborato alle autopsie, il giovane Youssef Taouil, aprì i fascicoli che lui stesso aveva controfirmato a malavoglia. Seguì un lungo silenzio che mise in imbarazzo il medico legale, un imbarazzo previsto. Si sentirono i fogli che facevano vento nella cornetta; sembrava che qualcuno sbuffasse.

Forse a sbuffare erano i protagonisti di quei rapporti; i loro respiri tornavano in vita mentre in rue Bonaparte, all'ultimo piano di un vecchio edificio, un uomo stanco si poneva interrogativi semplici.

Le navi dal porto suonarono ancora. Un'irragionevole irrequietezza s'impossessò del medico legale.

*

Hotel Wilson

Giovedì sera

Chamonier si era attaccato ai suoi souvenir come una madre alla quale stanno portando via un bambino. Aveva pianto e urlato, aveva supplicato gli agenti di lasciargli almeno il servizio di piatti di Atene, ma tutte le stanze dovevano essere ispezionate da cima a fondo. Ordini dalla Centrale. I periti che si occuparono del caso, i ladri di statuette e souvenir, non notarono le sfaccettature delle sue espressioni:

«In questo posto non c'è più l'anima. Se non ne avete abbastanza, posso chiamare i vicini del piano di sotto e chiedere loro se hanno qualcosa da gettar via. Lui è un famoso antiquario, l'antiquario Bassetti, e lei, un'appassionata di bricolage. Potreste procurarvi qualche altra statuetta.»

«Non fare lo spiritoso Chamarande. Se sei ancora qui è grazie alle tue amicizie; a Nice ti conoscono tutti, qualcuno deve aver interceduto per te.»

«Interceduto, vuoi dire, come la Vergine Maria, oppure come intercede un politico?»

«Pensavamo piuttosto ai colleghi di Sarrazino, quelli del Consiglio medico: sappiamo che erano tuoi habitué.»

«Habitué è una parola grossa. Venivano quando le loro mogli li cacciavano di casa.»

Il giovane agente che si divertiva a chiacchierare con Chamonier era ancora Tony Colombero; i suoi tratti duri si rilassavano e un sorriso di troppo lo distingueva dai suoi colleghi, impegnati a mettere in pratica le procedure. La T-shirt rosa di Chamonier si rifletteva nei Rayban a specchio del ragazzo; erano seduti sulla fresca veranda dell'hotel, gli uccellini non cantavano più da tre giorni, i sottovasi dei gerani erano asciutti.

«Di' un po', tu, sai per caso dove hanno portato i miei passerotti morti?»

«Perché ti interessa, vecchio Chamarande? Erano morti, non erano più tuoi.»

«Certo che lo erano! E io non sono vecchio.»

«Devi ammettere di non essere più un ragazzino, almeno non per indossare quella maglietta e quei sandaletti brasiliani.»

«Volete anche questi?, eccoli, prendeteli. Erano un regalo di un cliente partito l'altro mese, aveva troppi bagagli, i vostri colleghi della polizia doganale gliene hanno fatti lasciare un mucchio. Io l'avevo accompagnato in aeroporto e ne ho avuto qualcuno in regalo. Ecco, trafugate anche i miei piedi!»

«Perché ogni volta che ti chiedo qualcosa, finisci sempre per raccontarmi la storia della tua vita?»

Tony Colombero si tolse gli occhiali da sole e l'aria da duro si dissolse in fondo ai suoi occhioni blu.

Chamonier disse: «Se volessi raccontare la storia della mia vita a te, piccolino, ci metterei un attimo, un attimo così. E lo farei anche a testa in giù.»

«Risposta stupida.»

«A una domanda stupida si risponde con una risposta stupida.»

«Questo è un segreto che conoscete soltanto voi degli alberghi clandestini?»

«Noi e i nostri amici dottori.»

Colombero chiese, col fare imperscrutabile dei poliziotti: «Ti hanno detto che i medici morti nel tuo albergo dovevano parlare al congresso?»

«Me l'hanno detto loro stessi prima di morire così miseramente. Oh Dèi dell'Ade!, perché non avete portato via me?!, no, voi mi avete lasciato consumare poco alla volta in questo tetro angolino, come un uccellino in gabbia, o un riccio di mare intrappolato nell'acqua dolce, senza spine e senza mare! SENZA SPINE E SEN...»

«E senza mare. Per favore Chamarande, non

incominciare con la sceneggiata! Speravo che ti fossi calmato.»

«E i miei poveri passerotti, perché non vuoi dirmi dove sono finiti i miei adorati passerotti? Quanto mi manca il loro canto, la sveglia per i clienti e per i vicini. L'antiquario Bassetti e sua moglie non si alzeranno mai più con il canto dei passerotti. Vuoi conoscerli?, te lo racconteranno loro stessi.»

«Basta, ti prego, non mi toccare!, non voglio conoscere i tuoi vicini. Li hanno portati al laboratorio d'analisi in rue Barla.»

«I miei vicini, l'antiquario Bassetti e sua moglie?, e perché mai? Certo, lui soffre di colesterolo alto, ma è perché si abbuffa di...»

«No, no, maledetto Chamarande!, gli uccellini!, gli uccellini!» gridò Colombero.

Chamonier rispose con un mezzo sorriso perché la sceneggiata a quanto pare funzionava ancora: «Ah Tony... Tu mi fai venire mal di testa.»

*

Le stesse campane che avevano sorpreso Di Mello sul suo balconcino, ora facevano da sottofondo a una delle telefonate più importanti di questa narrazione. Chamonier aspettò che tutti i poliziotti fossero usciti, prese il telefono antico dalla parete, si sedette comodo sul suo grosso tavolo per le colazioni e dondolando i piedi telefonò a Olivier Flores. Gli chiese con voce divertente: «Come vanno le passeggiate, dottore?»

«Abbastanza proficue, spero almeno quanto le sue.»

«Ma io non mi sono mosso di qui.»

«Mi riferivo ai giri che si fanno con la testa, non con le gambe.»

«Io preferisco quelli con le gambe dottore. Esco così raramente che a volte non le sento quasi, sembrano le gambe di qualcun altro che si divertono a camminare sotto di me e di tanto in tanto mi danno cenno di fermarsi, avanti, prego, stop, avanti ancora adagio, adagio.»

«Chamonier!»

«Mi dica dottore.»

«Credo di stare un po' male.»

«Un po' quanto?»

«Un bel po'…»

«Andiamo dottore, non faccia così adesso!, credo che il Roblot sia pieno per questa settimana.»

«La ringrazio, è molto confortante.»

«Intendevo dire che lei non era invitato al banchetto.»

«Quale banchetto?»

«Quello dove si trovano adesso i suoi colleghi morti.»

Flores disse: «Ho incontrato Di Mello e ho visto la struttura dove presta servizio, al Pasteur, ho visto il viale d'ingresso e il cancello.»

«Il Pasteur è talmente bello, che non ha avuto il coraggio di entrare?»

«È stata l'infermiera a bloccarmi il passaggio, ha detto che dovevano chiudere.»

«Strano, chiudono tardi di sera. Ci lavora una delle mie vicine all'accettazione del Pasteur e rientra sempre molto tardi. Ma forse ha un secondo lavoro. Aspetti, vado di sopra a chiederglielo.»

«Stia fermo Chamonier! Lo so perché ho letto l'orario di apertura.»

«Dottore, anch'io le devo confessarle una cosa.»

«Mi dica vecchio mio.»

«Io non sono vecchio!»

«Lo so, mi scusi Chamonier.»

«Il fatto è che credo di non capirci più nulla.»

«Non si preoccupi, è una fase piacevole nel corso di ogni tipo d'indagine. Le piacerà riprendere il filo che ora le sfugge quando meno se lo aspetta.»

«Che cos'è che mi sfugge?»

«Il filo.»

«Dev'essere un filo molto lungo.»

«Oppure molto ingarbugliato, ma anche in questo caso

c'è un capo e una coda.»

«Oh, le code, le code dei miei poveri passerotti...» riprese Chamonier. «Sa cosa mi ha detto il mio amico Tony Colombero?»

«E adesso chi è Tony Colombero!?» chiese Flores.

«Un flic, un giovanotto magro come lei, ma più bassino e meno simpatico. Forse anche più magro, non so. Il fatto è che non sono mai stato così abile nel riconoscere le fisionomie. Una mia vecchia zia, ad esempio, faceva la sarta. Lei era bravissima a riconoscere la tua taglia, quanto pesavi, quanto misurava... sì, insomma, lei mi ha capito... soltanto guardandoti in piedi. Sul serio, io entravo in casa, la sua casa su due piani, e mi diceva: tù, sei ingrassato di un chilo.»

«Chamonier. Cosa le ha detto questo Colombero?»

«Che i miei passerotti sono finiti nell'immondizia, come temevamo, tranne qualcuno che hanno portato in un laboratorio di rue Barla, uno dei luoghi più misteriosi della città.»

«Perché mai crede che sia misterioso? Ci sono decine di laboratori.»

«Sembra che in questo ci lavori un tecnico secco e tirchio che si occupa di indagini della polizia mortuaria, un certo Damiani.»

«Un laboratorio in cui analizzano le cause della morte dei suoi passerotti?»

«I miei uccelli sono eroi cittadini dottore!»

«Certo amico mio.»

«Ma adesso faccia quello che deve fare, andrà più tardi al laboratorio.»

«Come fa a sapere che c'è qualcosa che dovrei fare?»

«L'ho capito dalla sua voce, mi ha parlato con una dose di aspettativa simile a quella del figlio che chiede consiglio al padre.»

«E cosa mi direbbe se fosse mio padre?»

«Le consiglierei di seguire il suo istinto e smetterla di preoccuparsi. Anche Agapi le direbbe la stessa cosa.»

«La sua Agapi?, non la conosco neanche.»

«È come se lei la conoscesse.»

Mentre il telefonino si raffreddava all'interno della tasca, Olivier Flores tirò fuori le pillole che gli aveva dato Di Mello e le inghiottì senza indugiare oltre.

Era poco lontano dal Saint Roch; una sensazione di rifugio mescolata alle parole romantiche di Chamonier lo spinse a fidarsi del medico legale con la speranza di mettere fine a quei capogiri che da tre giorni andavano aumentando in maniera preoccupante.

Si trattava degli stessi sintomi che avevano manifestato i tre medici morti?, il forte calore che stava avvertendo spiegava il perché i cadaveri erano stati ritrovati nudi?, i colpi di tosse sempre più forti, allora, si sarebbero trasformati in una crisi più grave?, e perché lui avrebbe finito per morire come gli altri ma tre giorni più tardi?

157

Di sicuro non poteva andare peggio di così, a causa del dolore si era dovuto fermare e parlare col viva voce, lontano dalla cornetta, per non preoccupare il troppo emotivo Chamonier. Con quel filo di voce aveva ottenuto le informazioni necessarie per la prossima tappa e quello slancio di coraggio che gli era stranamente mancato affinché mandasse giù le pillole.

Seduto senza la maglietta in una aiuola all'ombra, aspettò che il calore si dileguasse e la vista ritornasse nitida. Si disse ad alta voce: «Forse Di Mello è pur coinvolto in questa storia, ma non è per niente un assassino.»

*

Flores godeva dell'ammirazione di tutte le infermiere del suo Dipartimento. Le voci a Nizza girano velocemente, come la biglia in una roulette; la fama del bel ragazzo straniero, specializzato in psicologia e responsabile di uno studio privato, era forse paragonabile a quella del buon Chamonier. Entrambi conosciuti e stimati, ma in ambienti diversi. Non c'era dunque da meravigliarsi che qualche passante lo riconoscesse e si fermasse. Flores era seduto sull'erba, all'ombra di una palma. Forse le pillole del medico legale stavano facendo effetto, si sentiva come da bambino, quando scendeva dal letto dopo due giorni di febbre alta e la stanza in cui viveva con i suoi genitori gli girava intorno prima in un verso poi nell'altro.

Proprio come aveva temuto, due infermiere di ritorno dall'ospedale lo videro e si avvicinarono di corsa. Erano tirocinanti del primo anno.

La prima disse: «Dottore, che è successo!, l'hanno rapinata?!, venga, la aiutiamo a rialzarsi.» E la seconda aggiunse: «Hmm hmm!»

«Va tutto bene,» disse Flores, «ho avuto una crisi ipoglicemia.»

«E come mai si è spogliato?!»

Chi gli avrebbe creduto, se avesse detto di avere il sospetto di essere stato avvelenato?! Aveva sentito molte volte scuse del genere, quando gli avevano affidato schizofrenici e esibizionisti, e non lo avevano mai convinto.

Perciò rispose semplicemente: «Avevo caldo e mi sono spogliato. Ma voi non raccontatelo a nessuno; in ospedale sono molto suscettibili, quelli del Consiglio non amano i nudisti.»

«Non si preoccupi dottore, a noi piacciono.»

Il capogiro era finito, poté mettere a fuoco l'imbarazzante situazione e si affrettò a cercare i pantaloni; le provvidenziali infermiere li trovarono a qualche metro da lui. C'era soltanto da mentire riguardo ai boxer: quelli non li avrebbero trovati perché Flores non li indossava mai.

«Non abbiamo trovato neanche i suoi documenti dottore, devono averle rubato il portafoglio.»

«Non c'era molto all'interno, sapete quanto ci pagano, con voi non ho segreti, non posso inventarmi storie.»

«No, con noi non ha più segreti...»

Le ragazze ridevano, Flores si sentì rinvigorito da quelle risate. «Smettetela di scherzare!» disse loro. Era pur sempre un professionista.

«Dottore! Non insinuerà che l'abbiamo soccorsa soltanto perché era nudo? Forse è vero, un po' ci ha incuriosite, ma non lo racconti a sua moglie.»

«Potrebbe arrabbiarsi?»

«Certo, io mi arrabbierei.»

«Anche io.»

Le infermiere erano concordi e parlavano quasi all'unisono.

«Anche se non è colpa mia?» chiese Flores ingenuamente.

«Soprattutto se non è colpa sua. Lei non le conosce neanche un po' le donne.»

«Dovrei prendere un'altra laurea per questo.»

«La smetta dottore, è un adulatore, riesce a essere gentile anche quando sta male.»

«Si vede molto che sto male?»

«Adesso di meno, va meglio, sta riprendendo il suo colorito di sempre. Ma perché è vestito così?, stava andando a fare jogging?»

«Più o meno.»

Flores guardò il rossore delle ragazze sfumare sotto

linee di preoccupazione; avevano una nuova storia da raccontare nella pausa caffè sul retro del Saint Roch. Se ne andarono; si avviarono in direzione centro e portarono via con loro gli incredibili poteri della giovinezza.

Mentre le salutava, cercò di riflettere. I vestiti del rettore Sarrazino erano stati trovati lontano dal cadavere. Probabilmente, prima di morire, il povero Sarrazino aveva avuto una crisi simile alla sua. Flores si sentì di nuovo minacciato, scampato a una strana morte, si toccò istintivamente la bocca, dovette immaginare il sangue, il volto di Sarrazino contorto in quell'espressione incompleta, le tracce nere lungo il mento e il collo, gli occhiali ancora sul naso. Capì che i tre medici si erano tolti i vestiti per quel calore insopportabile. Adesso che anche lui aveva vissuto almeno la prima fase di quell'esperienza terribile, si sentì ancora più in dovere di continuare. Si passò una mano sul viso, avvertì i brividi di chi si sveglia da un sonno disturbato. Era vivo grazie alle pillole di Di Mello? Avrebbe dato qualunque cosa pur di tornare indietro e farle analizzare. Gradualmente tornava a sentirsi in forze, riuscì a congedarsi dalle infermiere, le quali avrebbero voluto sapere di più.

Si lasciò alle spalle il Saint Roch percorrendo rue Defly, tra le librerie e i negozi di antiquariato. Le scale dell'ospedale erano basse, altri infermieri in camice bianco fumavano sul primo gradino.

*

Il laboratorio del quale aveva parlato Chamonier si trovava a pochi passi, in uno dei boulevard più trafficati, un'arteria che da Place Max Barel saliva fino all'Acropolis. Flores guardò un po' le nuvole, quell'aria grigia che faceva sembrare la città più antica. Si fermò a comprare una bottiglia d'acqua e prima di arrivare in rue Barla la bevve sforzandosi di ingoiare anche dopo che la sete era finita.

Mancavano un paio di giorni al ritorno di sua moglie dal tour in Grecia con gli studenti. In genere, si sentivano almeno una volta al giorno. Infatti proprio mentre ci pensava, squillò il telefonino e sorrise leggendo il nome sul display:

«Se non ti dispiace, stavo giusto raccogliendo i miei vestiti su un prato con l'aiuto di due infermiere del Saint Roch.»

«Le sistemo io le infermiere del Saint Roch.»

«A cosa devo il piacere della tua chiamata?»

«Senti tu, dottore, ricordati che se continui a fare il furbo ne pagherai le conseguenze al mio ritorno. Non conosci la vendetta di una moglie arrabbiata.»

«Muoio dalla voglia di conoscerla. Perciò dirò alle ragazze che per le mutande ci penso io, non c'è bisogno di continuare a cercarle.»

«Olivier, smettila!!!, tu non porti le mutande!»

Era un gioco, quello, oppure l'abitudine al gioco? Sapevano che comportarsi come due persone normali sarebbe stato triste. Forse erano matti. A volte Flores si era chiesto come sarebbe stata una relazione tranquilla, un caminetto e un libro sul comodino, e si era sempre risposto che né a sua moglie né a lui sarebbe piaciuto.

V

Rue Barla

Giovedì, ore 20:10

Il laboratorio era chiuso, non come la Medicina Legale, ma chiuso sul serio. Indugiando contro la parete a vetri, Flores riuscì a intravedere un'ombra bianca che passava da una sala all'altra: un tecnico che portava a termine qualche analisi. Ogni sera, in un laboratorio si rischia di rimanere indietro con le consegne dell'indomani.

Provò a bussare, ma bussare come un qualunque paziente in ritardo non era una buona idea, quindi prese il numero dall'insegna e telefonò: la linea era occupata.

Alla fine del boulevard in discesa, si intravedeva Place

Max Barel; sembrava un alveare sul quale ronzavano le automobili.

Finalmente qualcuno rispose: «Che c'è ancora, dottore?»

«Hallo?!»

«Ma lei non è il dottore!»

«Sì, certo che lo sono.»

«Non quello col quale ero un attimo fa.»

Una voce triste e anonima: doveva essere l'uomo che stava cercando, quel tale Damiani.

«Chi è questo dottore di cui parla?» chiese Flores.

«Ma chi è lei?!»

«Mi chiamo Gilles Le Goffe, sono del Saint Roch.»

«E perché ha lo stesso numero del dottore di poco fa?»

«Non so, probabilmente cambieranno una o due cifre. Questi telefonini aziendali sono tutti uguali.»

«Se avessi saputo che era un altro a chiamare, – non se la prenda – ma non avrei neanche risposto.»

«Non me la prendo, per carità. So che il laboratorio è chiuso e non siete tenuti a farlo. Tuttavia…»

«Tuttavia, che?»

«Vorrei parlarle degli uccellini.»

«Quali uccelli!»

«I passerotti dell'Hotel Wilson.»

«Qui non ci sono uccellini, dottore, deve aver capito male, eseguiamo analisi sull'uomo non sugli animali.»

«È stata la polizia a darmi il vostro indirizzo, vorrei controllare i risultati, ci metterò due secondi. Ma perché non mi fa entrare?, la vedo, hallo! hallo!, stiamo consumando credito e batteria.»

Flores fece ampi gesti attraverso la vetrina. Damiani lo vide e si passò una mano sulla faccia.

«I risultati non sono ancora pronti. La centrifuga fa il suo lavoro, ma non è veloce quanto l'uomo. Se vuole aspettare con me, si accomodi, le apro.»

Damiani fece scattare la porta scorrevole girando una chiave di ferro minuscola in un comando nascosto dietro il banco della reception.

Flores entrando chiese: «Posso offrirle un caffè?»

«Non si preoccupi dottore, c'è il distributore per le bevande. E abbiamo ordinato il sushi perché – se lo vuole sapere – non sappiamo fino a che ora rimarremo chiusi qui dentro.»

Quando la porta si richiuse, Flores sentì l'odore familiare dei medicinali e dell'alcol. Si avvicinò al fondo della sala, il banco era spento, sembrava un grosso animale sazio e triste; le pratiche, tutte ordinate in file precise. Il fracasso ovattato del traffico sembrava provenire da un'altra città.

«Allora dottore, per quale ragione ci tiene a sapere degli uccelli?»

«Sono un appassionato di ornitologia.»

«Lei è un attore e un bugiardo, uguale agli altri medici.»

«È rimasto qui da solo?» chiese Flores.

«No, i miei colleghi stanno mangiando il sushi.»

«Lei non lo mangia?»

«Sto controllando la centrifugazione.»

«Mi hanno detto che in questo laboratorio si effettuano indagini per conto della Medicina Legale.»

«Avevo capito che ne fosse informato.»

«Lo sono da oggi. Qualcuno della polizia me lo ha raccontato. Anzi, per la precisione, lo hanno raccontato al proprietario dell'hotel, il quale poi lo ha raccontato a me.»

«E lei?, a chi lo racconterà?»

«A nessuno, beninteso.»

«Vuole un caffè, dottor Le Goffe?»

«Perché no!, un espresso andrà bene.»

«Sono quasi finite le cialde, dovrò fare un salto in Place Massena per comprarne ancora. Sono carissime, lo sa?...»

Il tecnico, quel Damiani, era di una specie di uomini neutrali, senza slanci, dedito alle ore di lavoro stabilite dai direttori del laboratorio e poi, se la giornata non era stata troppo stressante, a una corsetta sulla Promenade, abitudine di molti nizzardi. Ciò lo rendeva arrendevole nelle sfide mentali ma tenace in quelle fisiche. Damiani aveva un corpo asciutto che sotto il camice acquistava maggiore spessore, più di quanto ne avesse per la strada tra altri individui come lui. Per Flores era chiaro, fin dal primo momento in cui aveva messo piede in quel posto, che avrebbe dovuto pagare in cambio delle informazioni che cercava. Tirò fuori dalla tasca un biglietto da mille franchi e benedisse colui che gli aveva dato quel denaro.

«Con questi ci compri il caffè e dica ai suoi colleghi che lo offro io. Per sdebitarmi.»

Damiani lo guardò a fondo e disse: «Lei è una persona onesta anche se dice un sacco di bugie.»

«Non crede che io sia un medico.»

«Come potrei!»

«Ha ragione, e suppongo che sia inutile dirle che mi hanno rubato il portafoglio con i documenti e il tesserino.»

«Me lo dica, le crederò.»

Mentre i soldi scivolavano nella larga tasca del camice di Damiani, Flores diede un'occhiata ai macchinari. Era la prima volta che vedeva sangue di passerotti all'interno delle provette. Una delle esperienze più singolari nella sua carriera, come se scoprisse che la scienza non era al servizio dell'uomo ma soltanto di alcuni uomini. Il magro collega Damiani prese la provetta che era stata agitata, la guardò controluce come un whisky d'annata e si sedette su uno sgabello con le ruote che lo allontanò dal tavolo. Flores osservò la sequenza dei movimenti senza dire nulla, tacque aspettando che fosse il tecnico a pronunciarsi per primo.

«Insomma dottore, chi vuole che le creda quando racconterà in giro che abbiamo eseguito delle analisi su un volatile?»

«Ma che cosa avete tutti quanti quando vi si toccano gli uccellini?»

Damiani sorrise e si rilassò.

«Allora dottore. Lei è uno che scherza sempre, non è così?!»

«Che cosa c'è di male?» chiese Flores senza contraddirlo né assecondarlo.

«Vuole sapere che cosa c'era nel piccioncino?»

«Esatto.»

Così Damiani, tecnico di laboratorio magro e insano, guardò Flores con un barlume di soddisfazione negli occhi. La sua eccitazione, adesso che comprendeva la gravità dei fatti, era corposa come il sangue in quelle provette. Il medico iniziava a stancarsi delle attese altrui e ripeté la risposta: «Sì, voglio saperlo.»

«Allora glielo dirò, guardi qui...»

Mentre ascoltava quelle parole, relativamente sconcertanti, Flores incominciava a collegare gli avvenimenti in maniera più logica. Rivide le ultime giornate tingersi di luce chiara. Le parole del medico legale, i pianti di Chamonier, persino la sparizione del pesce Cometa, adesso avevano un senso.

*

Singapore

Venerdì all'alba

All'incirca nello stesso giorno - se consideriamo la differenza di fuso orario - a largo delle coste malesi, lo yacht di Paraskevopoulos giocava a fare il sottomarino esibendo le sue forme ultra moderne.

Dopo aver lasciato le Isole Tioman, Tanja si era goduta un breve riposo su una poltrona galleggiante al centro dell'immobile piscina di coperta. Gli steward indonesiani che si occupavano delle manovre e della manutenzione vivevano il sogno costante di toccarla; era una donna difficile da avvicinare, temevano di provocare la gelosia del proprietario se si avvicinavano a Tanja, così le rivolgevano la parola soltanto se era lei a interrogarli.

Col passare del tempo - erano tutti imbarcati da circa otto mesi - la ragazza si era abituata a parlare poco per non metterli in imbarazzo. In mare esistono codici comportamentali semplici, che loro osservavano come si osservano i dieci comandamenti, vale a dire, ognuno a modo suo.

Tanja Schwarz aveva stretto amicizia soltanto con lo chef, Pratama, e con un paio di steward che erano soliti assisterla nei suoi spostamenti a terra. Con il resto del personale parlava poco e di rado. Mentre beveva un succo di frutta e osservava le imbarcazioni più piccole che non riuscivano a tenere la loro andatura, le ritornò in mente la notte trascorsa con Di Mello nella suite sulla Promenade. Se lo stesso ricordo riprende vita per la seconda volta in pochi giorni, pensò, vuol dire davvero che le cose in Europa non sono andate come da programma! Si sfiorò il ventre come per accarezzare quel pensiero.

Nel walkie-talkie, sul bordo della lussuosa vasca dal fondo e dalle pareti trasparenti, il padrone di casa la chiamò. «Sei ancora in piscina?» le chiese.

«No, sono andata a fare la spesa al supermercato.»

«Sei malvagia Tanja, hai dimenticato che quando ti ho dato l'incarico di purser andavi davvero in giro con i sacchetti dell'Intermarché.»

«Alludevo proprio a quei tempi. Chi ti dice che non li rimpianga? Voi ricchi siete convinti che tutti vogliano essere ricchi.»

«Tutti lo vogliono, ma non tutti ci riescono; molti fingono persino di non averne bisogno.»

«Sei un porco, adesso sai che cosa sei.»

Tanja non aveva alcuna voglia di scherzare. Parlò al greco Paraskevopoulos usando poche parole.

«Hai fatto brutti sogni?» chiese lui.

«Va' al diavolo! E perché stiamo parlando sulla linea tre?»

«Non aver paura Tanja Schwarz, non ho alcun segreto con i miei ragazzi.»

«I *tuoi* ragazzi, ti rispettano soltanto perché li paghi.»

«Certo. Non è meraviglioso?!»

Il greco era un uomo rosso. Il suo colore dimostrava potere, ira o imbarazzo? Dalle parole di Tanja sembrava che non si comportasse da perfetto gentiluomo. Per cominciare: lo aveva lasciato nella sua lussuosa suite e aveva preferito cenare da sola.

Mentre parlava con Tanja, il rosso Paraskevopoulos stava armeggiando con il monitor che era sceso dalla parete, vi stava infilando la pen-drive che entrò senza opporsi in una fessura identica a quella del computer di chiunque altro. Era soltanto un dispositivo elettronico; per un oggetto non fa alcuna differenza dov'è infilato. Appena sullo schermo apparvero le cartelle, ognuna col nome scritto in bianco, Paraskevopoulos diede due colpetti con un dito su quella intitolata *Caso Wilson*, la stessa che era sparita dal computer di Di Mello.

All'interno, c'erano i tre nomi ormai noti: Divizio Costa e Sarrazino. Sotto ogni nome, Di Mello aveva elencato un insieme di dati; l'intero lavoro era meglio conosciuto col termine autopsia.

Il greco si divertì a leggere degli stralci, seduto su una comoda poltrona come se stesse al cinema coi popcorn:

Da più di vent'anni mi occupo di autopsie giudiziarie. Prendo oggi la decisione di rassegnare le mie dimissioni e lasciare la direzione del Centro al dottor Youssef Taouil. Pertanto il presente è il mio ultimo incarico per il Dipartimento di Medicina Legale.

(Vicky Di Mello)

Come da istruzioni delle Autorità Giudiziarie, ho eseguito l'autopsia sulla salma di:

Monsignor Douglas Sarrazino, Rettore d'Università, uomo politico.

Anni 62.

Altezza 1,82m.

Gruppo sanguigno 0 Rh -

Iride dilatata.

Nessun altro segno particolare (cicatrici, tatuaggi etc...)

Cause della morte accertate: Naturali.

Il perito che mi ha affiancato in

quest'operazione, il dottor Youssef Taouil, controfirmerà i referti prima che vengano inviati al Dipartimento.

Luogo di rinvenimento della salma: Hotel Wilson, camera 3, lunedì tre maggio, ore 7:45.

Ora approssimativa della morte: le 7:00 circa.

Riscontrata rigidità di tutte le articolazioni. Il corpo è nudo. Non presenta nessun segno di strangolamento o altre lesioni esterne. Copiose tracce di sangue presenti sul mento e sulla gola. Sangue ritrovato anche sul pavimento della camera, nel lavandino e, secondo la relazione dei periti della polizia (acclusa alla presente documentazione), anche sulle pareti. Abbiamo eseguito esami dettagliati del sangue prima di iniziare la presente autopsia (in allegato).

Per escludere la morte per avvelenamento abbiamo eseguito, dopo l'apertura della cavità toracica, anche quella dell'addome, del cranio e dello speco vertebrale, e annotato gli odori che ne esalassero (in allegato).

Nessuna particolare offesa rinvenuta nella cavità boccale e faringea.

Esame al microscopio eseguito su: viscere,

tessuti e sangue (quest'ultimo, prelevato dalla cavità del cuore e dei grossi vasi, è conservato presso il laboratorio di Roblot).

Conclusioni peritali: ...

Le pagine successive fecero calmare l'euforia del ricco Paraskevopoulos, il quale, sul punto di vomitare, assunse un colorito meno roseo e dovette interrompere la lettura per evitare di rovinarsi il sorriso. Sembrava che l'unica cosa cui quell'uomo tenesse fosse il suo sorriso. E non aveva alcuna necessità di rovinarselo perché ciò che gli interessava sapere era scritto nelle prime righe. *Morte naturale.*

Paraskevopoulos giocò ancora col suo computer, il monitor piatto si muoveva seguendo il luccicare delle onde riflesse nelle ampie vetrate. Si convinse che tutto ciò che aveva letto fosse la verità ma che avesse il valore di una bugia e, a differenza di Tanja, si convinse anche che tutto fosse andato proprio come doveva andare.

Ma importava davvero quello che stavano pensando due persone su uno yacht a forma di sottomarino dall'altro lato del mondo?

*

Café Sully, Place Garibaldi

Giovedì sera

Prima di andare a casa e riposare, Flores si fermò in un Caffè di Place Garibaldi. Le persone che uscivano dal cinema facevano rumore; lo spettacolo doveva essere interessante. Altra gente passeggiava e si affrettava, pertanto non si godeva la passeggiata.

Il congresso dell'Acropolis era all'origine di questa storia? È probabile. Ma Flores iniziava a fregarsene delle probabilità. Inoltre, c'erano dettagli che da solo non poteva scoprire: non sapeva che Di Mello avesse dato le dimissioni già quando lo aveva accolto nel suo modesto appartamento di rue Bonaparte, né che Tanja Schwarz fosse più di una semplice avventura extraconiugale da quattro stelle. Di Mello gli aveva dato l'impressione di un tipico collega della Medicina Legale, frustrato perché non aveva a che fare con pazienti vivi: un medico vero oppure una specie di addetto alla morte. Tutti i medici legali si somigliano, vivono questa profonda conflittualità: da un lato i loro colleghi degli altri dipartimenti, che salvano e allungano le vite, e dall'altro lato loro.

Le domande che Flores si era annotato mentalmente riaffioravano una alla volta: in che modo i tre medici uccisi hanno a che fare con me?, perché loro sono morti e io no?, a chi interessava tanto il congresso? e perché?

Intanto la piazza continuava a muoversi, le robuste colonne facevano ombra sul suo tavolino. Due ragazze bevevano rosé, ridevano e si lamentavano. Erano sedute a sorseggiare il vino ghiacciato e a sorridergli come se lo conoscessero. Avevano importanza quei sorrisi per l'evolversi della vicenda? Ne avevano soltanto perché le due ragazze rispondevano ai nomi di Eleni e Vasiliki e custodivano in una delle loro borsette di marca il mistero del quale Chamonier gli aveva parlato.

Il bus per il Mont Boron raccolse alcune signore con le buste dell'Intermarché, piene di frutta e pane in carretta. Quel giorno, stranamente, la gente rideva e si teneva per mano. Gli strumenti quotidiani suonavano belle canzoni: le zampe dei cani sulle mattonelle, i motori delle moto rattoppate, persino i cardini dei grossi cancelli che normalmente erano chiusi sui cortili. E Flores, cosciente di essere scampato alla morte, si guardò addosso, accarezzò il cotone della polo e dei pantaloni sportivi. Tirò grossi respiri, come quando era in acqua e si sforzava per non interrompere il suo ritmo: in quel modo, la città prendeva la forma di una vasca.

Attraverso le arcate di Place Garibaldi dopo una nuvola di passaggio tornò la luna. Flores ripensò alla sua famiglia: gli rivennero in mente i colori accesi delle vesti di sua madre, e le allegre feste della sua terra. Quel giorno, Flores aveva tutto l'aspetto di chi scopre dentro di sé la consapevolezza di un'appartenenza. L'appartenenza, quell'uccello selvaggio così furtivo, che si intravede fra gli alberi e si afferra soltanto di rado.

Le ragazze sembravano adorabili; come potevano essere coinvolte in quella strana storia di omicidi! L'albergatore non aveva ancora spiegato cosa nascondevano e perché erano così importanti per capire quello che era successo al Wilson. Forse avrebbe potuto scoprirlo da solo: Eleni e Vasiliki erano lì, proprio davanti a lui.

Quando era più giovane e frequentava i corsi di medicina, si era chiesto spesso come affrontare un paziente fuori dello studio, seduti in un Caffè. Il rumore della sua tazza lo riportò al tavolino; si ricordò di essere un medico al quale era stato chiesto aiuto, guardò con imbarazzo le ragazze senza dimostrare troppo interesse e disse: «Belle borse. Sono di pelle?»

Eleni era la più vecchia e la più bassa, aveva i capelli di un biondo ramato, uno di quei colori fasulli che si vendono al supermercato, le labbra e il naso sporgevano più del dovuto; una giacca abbottonata fino al mento le dava un'aria sottile e raffinata. Vasiliki invece era alta, aveva gli occhi grigi del colore dell'argilla e un corpo deliziosamente sano. Una accanto all'altra, attiravano le due metà dell'emisfero maschile.

«Sono di imitazione, dottore, mi dispiace.»

«Chi di voi è Eleni?»

«Sono io, non le pare! Il mio nome viene per primo.»

Anche quelle due erano strane.

«Avrei dovuto immaginarlo,» disse Flores. Non aveva bisogno di spiegare loro come le aveva riconosciute.

«Ha rivisto i clienti del Wilson?»

Olivier Flores guardò il marciapiede sotto il tavolino, le loro ombre si nascondevano nelle chiazze d'acqua.

«Nessuno,» disse.

«Allora, dottore, ci racconti quello che è successo in quell'hotel.»

«Speravo che lo faceste voi.»

«E perché mai?»

Eleni aveva i gomiti appoggiati sul tavolo, che sotto le sue braccia sembrava più grande; teneva le dita incrociate sotto il mento, erano mani lunghe e oneste. La pelle, dorata, scottava ancora dall'ultimo tramonto tra le case bianche e azzurre; camuffava la durezza dei gesti tipica del suo paese. Chissà se Agapi le assomigliava, o se assomigliava alla giovane Vasiliki, ancora zitta e intrigante, con le braccia incrociate sul petto. I loro volti erano seri come quelli di due bambine intelligenti alla lezione di danza. Avevano aspettato che parlasse lui per primo. Flores aveva lasciato credere che fossero loro a condurre la conversazione.

«Il problema è che lei non dovrebbe essere qui dottore.»

«Certo, questo ormai mi è chiaro come la luce, ragazze, ma qualcosa non ha funzionato e per fortuna al Roblot ci sono finiti soltanto gli altri tre.»

«Lei è un uomo sfortunato. Era molto più semplice morire piuttosto che fare giustizia a nome degli altri.»

«Ma io me ne frego di fare giustizia!, non sono un paladino della legge, né uno di quei detective con la pipa e l'impermeabile sempre stirato.»

«Questo lo vediamo dottore,» disse Eleni scrutandolo discretamente.

Flores si guardò intorno, chiese: «E voi...»

«Noi, cosa?»

«Com'è il vostro rapporto con la giustizia?»

«La giustizia con la G maiuscola o la giustizia dei poveri?»

«Adesso non incomincerete il piagnisteo delle povere ragazze minacciate dal padrone di casa?»

«Ma no, dottore, che dice? Chamonier non sarebbe capace di dare ordini a nessuno. Non si tratta certo di lui.»

«Credevo che due donne intelligenti non si lasciassero comandare da nessuno.»

«Lei credeva?»

«Adesso è chiaro che in quelle borsette non c'è nulla.»

«Lei credeva...» ripeté Eleni. Era irritante.

Vasiliki mosse i suoi occhi grigi e prese parte allo scambio di battute più interessante da quando era in Francia. Chiese: «Dottore!, la prego.»

«Che cosa c'è?»

«Non giudichi male chi compie cattive azioni.»

«Non l'ho mai fatto. Proprio da una cattiva azione si

incomincia a costruire un'analisi.»

«Come da tre omicidi?» lo interruppe Eleni.

«Sì, tre cattive azioni.»

«E lei pensa che il Caso Wilson possa pregiudicare il nostro rapporto con *quella* giustizia? Quella con la G maiuscola.»

«Non so. A dire la verità, ho persino dimenticato cosa mi passava per la testa lunedì mattina quando ho rubato quella bicicletta per andare a impicciarmi degli affari di Roblot e del collega Vicky Di Mello.» Al suono di quel nome, Eleni e la sua amica sussultarono. Flores chiese: «Che cosa custodite lì dentro? Perché Chamonier ha detto che siete coinvolte negli omicidi?»

«Ci guarda in maniera strana, come se due belle ragazze non avessero il diritto di occuparsi di faccende impegnative.» Eleni confessò: «Noi non sappiamo nulla degli omicidi e dei pagliacci, bel dottore.»

«Allora avreste dovuto dirlo subito, adesso siete meno credibili.»

Eleni e Vasiliki erano davanti a un interdetto Olivier Flores, il quale, invece di approfittare e insistere sulla storia degli omicidi, si divertiva a fantasticare sui loro atteggiamenti e osservava come la più vecchia fosse sicura di sé e tranquilla mentre ordinava il suo rosé, e la giovane Vasiliki bruciasse di gelosia perché lui aveva rivolto la parola prima a Eleni e poi a lei. Rifletté sulle borsette tanto misteriose e sul loro significato osservando la differenza che esisteva in ogni donna nella maniera di trattare la propria borsa. Attorno a lui c'erano donne di tutte le età, più giovani e anche più vecchie delle belle Eleni e Vasiliki. Flores comprese che il rapporto di ognuna con la borsetta rifletteva non solo la vanità, la cura con cui preparava la sua persona e tutto ciò che l'adornava, ma la considerazione stessa della propria femminilità. Donne anziane si trascinavano borse senza forma tenendole come sacchetti della spesa; ragazze che si accompagnavano con i loro fidanzati, invece, portavano borsette lucide con i manici rigidi attorno al gomito. L'universo femminile era riassunto in quell'oggetto descritto per la prima volta da Chamonier Chamarande, forse meno pazzo di quello che dava a vedere.

Grazie all'impercettibile movimento dei loro occhi, Flores aveva intuito che le ragazze ne sapevano di più riguardo a Di Mello. Forse Eleni e Vasiliki erano incaricate di custodire qualcosa in quelle borse, ma non sembrarono bugiarde, non più di ogni buon essere umano.

Così, mentre si rilassava distendendo i muscoli della schiena sulla dura sedia del Caffè, Flores immaginò di sentire al tatto la parete ruvida della piscina e rilasciò un bel respiro. Poi riaprì gli occhi e cercò un varco tra l'immaginazione e la realtà. Non trovandolo, sorrise e finì il suo doppio espresso già raffreddato. Il caffè a Nizza, quando diventa freddo, ha il forte sapore dell'acqua sporca dello scarico.

Flores aveva deciso di rivedere Di Mello. Con un po' di fortuna, le ragazze gli avrebbero dato il suo numero di telefono.

*

Vicky Di Mello prese il suo telefonino dalla tasca, a malavoglia, e disse: «Sì!»

«Devo ringraziare lei se sono vivo?» chiese Flores.

«No, non me.»

«Dov'è dottore?, vorrei parlarle.»

«A che proposito?»

«Roblot e Medicina Legale.»

«Lascia stare Flores, non è roba per bravi ragazzi.»

«Anche lei con la storia del bravo ragazzo.»

«Non lavoro più alla Medicina Legale, mi sono licenziato.»

«Posso immaginare la ragione, dopotutto è un medico come me.»

Di Mello sbuffò.

«Medico… Tù sei un medico Flores! Noialtri siamo una specie di becchini.»

«Perché si è licenziato?, c'entra la sua coscienza?»

«Voi psicologi sapete sempre tutto. Mi chiedo perché facciate delle domande se conoscete già le risposte.»

«Quasi sicuramente per il gusto di farle.»

«E la nostra amicizia si è fondata su quel *quasi*.»

«Quindi mi ritiene un suo amico.»

«Non ti avrei salvato la vita se ti avessi ritenuto un nemico.»

«Avrebbe dovuto farlo a prescindere. Un medico ha il dovere di curare cani e porci. Lo domandi a Ippocrate.»

«Te l'ho detto Flores, non sono un medico come lo sei tu: tu salvi la vita, io la morte.»

«Dov'è, Di Mello?, devo parlare con lei.»

«Lo stiamo facendo.»

«Parlare con lei, di persona.»

«Sono in avenue Dunant.»

«E dov'è?»

«A Nice Nord, dopo il parco di Valrose.»

«Che ci fa lassù?»

«Passeggio.»

«Lei passeggia in salita?»

«Passeggio dove mi capita.»

«La raggiungo, mi aspetti lì.»

«No, vieni al parco,» disse Di Mello. «Ti aspetto nel vecchio teatro.»

*

L'incontro con Eleni e Vasiliki aveva aperto nuovi spiragli nella ricerca di Flores, il quale aveva rivelato loro che non sapeva neanche per quale ragione la stesse portando avanti.

Il successivo incontro, con Vicky Di Mello, fu quasi inevitabile. Flores si fermò sotto la grossa testa cubica dei giardini della biblioteca. Dall'altra parte della strada c'era il primo edificio dell'Acropolis; inutile osservarlo adesso. Poi proseguì lungo boulevard Carabacel. L'avenue dove si trovava Di Mello non era vicina, ci voleva mezz'ora a piedi, in salita, usare i servizi pubblici nella sua situazione non era una buona idea. Mentre gli alti platani proiettavano un'ombra maculata sulla strada, il giovane medico telefonò al Wilson.

Chamonier sembrava isterico.

«Aspetti dottore!, devo controllare la veranda, mi è parso di aver sentito un rumore.»

«Che tipo di rumore?»

«Lievi sussurri di vento nel cuore della notte.»

Ogni volta che Flores parlava con lui, si divertiva e dimenticava tutti i suoi problemi. Quando Chamonier tornò alla cornetta aveva l'affanno.

«Allora, cosa ha trovato?» chiese il ragazzo.

«Sono i miei passerotti!, sono tornati! La devo lasciare, saranno affamati, preparo un po' di pan bagnato con lo zucchero.»

Salutò Chamonier con un sorriso che lui non poté vedere e camminò più velocemente, aveva già superato il ponte della ferrovia.

A poche decine di metri, sul marciapiede opposto, il tizio con la barba e l'abito grigio metteva un piede davanti all'altro allo stesso ritmo di Flores, per imitare la sua andatura e seguirlo con la dovuta segretezza. Quello schiocco delle scarpe ormai familiare arrivò all'orecchio di Flores lungo la strada per Valrose. Il parco gli avrebbe offerto finalmente i vantaggi degli spazi aperti e l'anonimato necessario per affrontare quell'uomo. Fin da quando lo aveva visto sugli spalti della piscina, si era convinto che custodisse parte della verità.

I corvi sulle cime degli alberi volarono via; il cuore di Olivier Flores adesso batteva regolarmente, la memoria ritornava lucida. Passo dopo passo, tutto sembrava molto più semplice.

*

Nice Nord, Parco di Valrose

Un gruppetto di studenti con le cartelle piene di fogli incrociò Flores, il quale dovette pensare agli anni trascorsi alla Facoltà di Medicina. Dietro di lui, la via era vuota. Il parco era dimora di alberi secolari, simboli di una certa cultura, testimoni di tante lezioni, amori tra gli uomini e i libri fatti di carta. Quegli oggetti nelle fantasie di Flores rappresentavano il tramite tra l'uomo e la natura.

In cima alla collina, il retro dell'edificio del teatro si stagliava contro l'imbrunire; c'erano due sentieri che portavano all'ingresso. Le radici degli alberi avevano modellato l'asfalto e reso più simile alla terra. Anche le anatre quel giorno sembravano presentire ciò che stava per accadere; il loro piumaggio, mentre barcollavano allegre sull'erba, tendeva ad apparire più opaco sotto quelle nuvole scure.

Flores s'incamminò lungo il viale centrale allontanandosi dal luogo in cui aveva il suo appuntamento e facendo attenzione che l'uomo con la barba continuasse a seguirlo. In alcuni punti ebbe l'impressione che lui lo sapesse e che, come l'interprete di una commedia, se ne stesse infischiando. L'uomo era sudato, la camicia e i pantaloni invernali, quelle scarpe di cuoio, erano gli abiti meno appropriati per un pedinamento che durava da quattro giorni. Flores rallentò, non era il momento di far perdere le sue tracce. Superarono il refettorio, l'odore della pasta asciutta risultò così familiare al ragazzo che gli sembrò di rivivere le antiche indigestioni ai tempi dell'università. Non restava molta gente in giro, sul piazzale stavano passeggiando un paio di ragazzi che non avevano voglia di tornare a casa. Per il resto, tutto era immerso in una relativa immobilità.

Olivier Flores si fermò e si voltò. Era la sera di giovedì, il sei maggio. Una data riportata sui giornali dei mesi successivi sotto i titoli degli articoli di cronaca.

Un po' più in basso, all'ombra di una quercia, c'era l'uomo con la barba, fermo. Flores aspettò che gli studenti si facessero trasportare un po' più in là dalle loro discussioni e fece un cenno all'uomo o alla strada. Un barlume di luce naturale illuminò provvidenzialmente quel gesto rendendolo inconfondibile. Sembrò dirgli: avvicinati.

Tra due esseri umani, che in fondo condividono secoli di convivenza, è quasi sempre inutile parlare. Era bastato voltarsi e sollevare una mano per far capire a quell'uomo cosa gli passava per la testa. Tutto quello che c'era da capire era finito in quel gesto cui l'uomo obbedì avvicinandosi lentamente e dicendo:

«Sei già stanco di andare in giro, dottore?»

«Lo sono almeno quanto te, buon uomo.»

«Che ne sai tu di chi è buono?»

«Hai ragione, io non so niente di niente, non conosco la verità.»

«Moriresti pur di conoscerla.»

L'uomo con la barba aveva la voce intonata e profonda di un attore.

«Morirei, se la verità servisse a salvare delle vite. È questa infine la mia missione.»

«E se qualcun altro avesse una missione? Vi siete mai chiesti, voi medici, come trattate le missioni degli altri?, o siete troppo affascinati dalla vostra?»

«Essere un medico comporta doveri di un certo fascino. E finisci per amare il tuo lavoro anche a costo di rimetterci le penne come quelle anatre laggiù.»

L'uomo con la barba rise.

«Non mi stuzzicare dottore, io amo l'anatra.»

«Ti pare!, non metterei mai in dubbio i tuoi gusti. Quale cucina preferisci?»

«Quella greca. Raffinata e rozza.»

«Ne ero sicuro. Povero Chamonier… E lui che credeva che fossi muto dal Settantotto.»

«Muto?, ah, Chamonier…»

Durante quello scambio di parole, l'uomo con la barba si era avvicinato gradualmente, era a un palmo di distanza. Da tempo Flores non fissava qualcuno negli occhi così a lungo; continuò a studiare il suo naso squadrato e la pelle scura. Un raggio dell'ultimo sole passò attraverso le foglie delle querce e scaldò le loro mani.

Flores disse: «Potevi dirmelo che preferivi le strade in pianura. Non ti avrei trascinato quassù.»

«Da quanto tempo ti sei accorto che ti seguivo?»

«Ti ho visto all'ingresso del Roblot, poi sugli spalti in piscina. Ti ho cercato all'interno del deposito.»

«Ero proprio lì, sotto i tuoi occhi, mi ero nascosto tra i manichini.»

«Che peccato!, avremmo potuto scambiare quattro chiacchiere, bere qualcosa al bar dell'Acropolis, fanno un ottimo cappuccino all'italiana, con il cacao. A te piace il cacao?»

«Sei un tipo davvero divertente dottore; te lo ha mai

detto nessuno?»

«Certo, mia moglie ad esempio.»

«Dov'è adesso la tua signora?»

«Ad Atene, tornerà domani o sabato, non so.»

«Ami le sorprese.»

«Chi non le ama!»

L'uomo parlava e riusciva a non sbagliare una nota. Flores pensò che avrebbe dovuto fare il cantante.

«Perché sei venuto quassù dottor Flores?»

«Vorrei prendere una seconda laurea in Scienze. E tu?, da lunedì mattina capiti negli stessi posti in cui capito io.»

«Questo era un segreto. Ci sono cose che non possono essere rivelate.»

«Certo. Il mio lavoro si fonda su questo principio.»

«Sei una specie di confessore, non puoi tradire i tuoi pazienti.»

«No,» rispose Flores.

«Hai gli occhi arrossati dottore.»

«Colpa del cloro.»

«Ed è per i tuoi pazienti che vuoi scoprire cosa è successo.»

«Diciamo di sì.»

Le radici degli alberi avevano delineato col tempo un confine netto della strada scendendo lungo una scarpata disseminata di pietre. In fondo, una ventina di metri più giù, c'era un altro sentiero sotto i resti di un'antica scalinata e i rami degli alberi più bassi. Per un momento gli occhi si mossero ed entrambi guardarono di sotto pregustando il presentimento che uno di loro sarebbe caduto e l'altro si sarebbe macchiato di un delitto più o meno delicato.

Flores si avvicinò ancora, senza dire nulla. Poteva sentire l'odore del loro camminare, quell'acre sentore di strade percorse insieme. Rivide i luoghi protagonisti di quell'indagine e si rese conto che in ogni posto c'era stato anche quell'uomo, sempre dietro di lui, una specie di angelo sulla sua spalla. Il gesto improvviso del giovane medico aveva impedito a quel tale di prepararsi all'incontro. Forse aveva un'arma nascosta nella tasca e non aveva potuto tirarla fuori. Adesso, qualunque movimento da entrambe le parti sarebbe costato la vita o simili averi. Non seppero fare altro che fissarsi. Ognuno lesse negli occhi dell'altro il suo immediato futuro e si accinse a dargli forma avvertendo quel tremolio delle gambe e delle viscere tipico dei momenti che precedono altri momenti. L'inseguitore e l'inseguito sanno che prima o poi i loro destini si incroceranno.

Flores e l'uomo con la barba si ritrovarono in pochi secondi sull'orlo della scarpata, l'uno sull'altro, con gli occhi spalancati e le mani avvolte in un nodo. Il collo del giovane era forte come un fusto che l'uomo provava a stringere. La differenza era il sangue che scorreva all'interno. Flores tentò di difendersi dalla presa come meglio poteva. Pur essendo dotato di una forza invidiabile, non l'aveva mai adoperata per picchiare qualcuno, ma soltanto per le gare di nuoto o di corsa. Al contrario, l'uomo con la barba sapeva bene dove colpire e con pochi pugni aveva già messo il giovane medico in una posizione poco privilegiata; un capogiro simile a quelli sofferti nei giorni precedenti gli impose di restare giù, per metà penzolante nel vuoto, ma un piede trovò appiglio tra le robuste radici che s'infilavano dappertutto. L'uomo si mise in piedi e riprese fiato; aveva già fatto quel genere di lavoro, ma il cuore gli si gonfiava ogni volta. Flores sentì il sangue colargli sulla bocca, lo guardò mentre lui si accingeva a colpirlo di nuovo.

La luce era sparita, non c'era più il sole serale che a volte stenta ad andare via arrossendo il contorno delle case, né alcuna luce artificiale a illuminare quella scena. Come avrebbe potuto immaginare che entrando nell'hotel di Chamonier si sarebbe imbattuto in una storia così intricata? E adesso cos'altro avrebbe potuto fare, se aveva constatato che tanti anni di allenamento non valevano quanto la furbizia di chi sa colpire con la giusta intensità il volto di qualcuno? Così, restò immobilizzato.

L'uomo con la barba non voleva perdere tempo perché la loro lotta aveva già attirato troppa attenzione. Si poteva avvertire un brusio provenire dall'interno del refettorio poco distante; gli studenti avevano pensato al solito bisticcio tra le anatre, animali litigiosi per natura. Una volta in fondo alla collinetta, tra le antiche pietre e la fitta vegetazione, il dottor Flores sarebbe stato uno dei tanti sbadati che per sfortuna cadono da una stradina buia e si rompono la testa. Così gli diede un calcio con tutta la forza, ma la presa sotto la radice non cedette e il medico non finì giù. Successe tutto in un attimo, Flores urlò ma non si mosse di lì, poi riaprendo gli occhi vide passare sopra di lui un'ombra veloce come quella di una nuvola nera e si accorse che era quell'uomo che finiva nella scarpata. Seguì un tonfo simile al rumore di decine di libri che cadono da uno scaffale e poi un freddo silenzio che il ragazzo non riuscì a interpretare.

Cercò di tirarsi su facendo leva sulla pancia, quando una mano gli si tese davanti e lo aiutò a rimettersi in piedi. Allora capì finalmente cosa era successo: era stato Di Mello. Lo abbracciò e lo ringraziò per averlo salvato due volte in un giorno solo.

Guardarono in basso, scrutarono tra le pietre lungo la ripida discesa. Ma l'oscurità aveva già avvolto ogni cosa.

VI

Singapore

Venerdì mattina

Dopo aver mangiato, dormito quel tanto che bastava e fatto una doccia che sembrava di candeggina, Tanja Schwarz, la giovane purser abituata a tanto sfarzo, stava prendendo una decisione della quale non si sarebbe mai pentita. Intanto si sistemava i capelli con dei colpi forti di spazzola. Quel giorno non usò nessuna delle costose creme comprate nell'ultimo porto di scalo; sembrava ignorare ogni cosa e concentrarsi soltanto nella lucentezza di quei capelli come se fosse ipnotizzata.

A bordo di una qualunque imbarcazione è difficile che i cellulari funzionino e si usino come sulla terra ferma.

A volte, quando si naviga vicino alla costa, è possibile sfruttare la linea locale oppure, se la nave ne è dotata, ci si serve di un sistema satellitare; si può utilizzare quella banda con dispositivi di bordo dai costi molto alti. Senza porsi alcun problema, lei, che apparteneva a quella categoria di donne che sembra aver generato il mondo – e secondo le leggi della metafora questo era alquanto vero – usò il telefono di bordo per chiamare in Europa e parlare con Di Mello. L'unica maniera per analizzare un pensiero difficile è trasformarlo in parole semplici.

Il medico le chiese: «Sei sulla tua zattera di lusso?»

«Stiamo navigando verso King Island, abbiamo una cena per il compleanno di qualcuno.»

«Lo dici con meno verve del solito Tanja. Che ti succede?»

«Non so mai se dall'altra parte ci sei tu oppure tua moglie, e questo mi fa perdere qualunque *verve*.»

Di Mello era nel parco, stava tamponando la ferita di Flores, aveva le mani sporche di sangue e di terra.

«Mi cogli in un momento un po' delicato, ti assicuro che non potevi sceglierne uno peggiore,» le disse.

«Ma non mi dire!, tu e tua moglie eravate a letto, insieme, a bere champagne?»

«Ti deluderò, ma nei letti della gente qualunque come me non si beve cham-pa-gne.»

«Dobbiamo smetterla con questa storia Vicky.»

«Io la sto smettendo con tante storie.»

Attraverso la cornetta, la voce di Tanja era più innocente. Per Di Mello, il quale era abituato a immaginare le voci dei suoi pazienti morti, quella fu come una rinascita.

Che cosa era stata la sua vita al fianco di una moglie che non amava, in un posto che era diventato una trappola perfetta? Non aveva scelto lui di lavorare per la Medicina Legale, almeno, non per quel Dipartimento. A volte, dopo tanti anni di routine, un uomo può accorgersi cosa sta facendo e allora la routine diventa uno stimolo per svegliarsi dal torpore e rifarsi del tempo perduto. Anche a cinquant'anni, Vicky Di Mello poteva smettere di essere un medico legale e rifiutarsi di mentire. In ogni sua forma, la bugia finisce sempre per cambiare lo stato delle cose. Questo era chiaro, adesso che Tanja gli parlava con quel tanto di noia. Ma un uomo di cinquant'anni poteva interpretare i suoi segnali laddove qualcuno più giovane li avrebbe certamente ignorati. Che cosa gli stava confessando in realtà quella ragazza? Quella ragazza... il corpo pulito, i vestiti semplici che si indossano in mare e che le lasciavano scoperte le cosce mentre due mani colpevoli vi si insediavano impudicamente...

Quando la comunicazione col viva voce terminò, c'era qualcosa che le mancava: Tanja non si sentì come quando poteva sbattere una cornetta con tutta la rabbia. Aveva detto qualcosa a un uomo che stava lottando per accettare una nuova epoca della sua vita, e non aveva avuto il tempo di capire che era rimasta sola. Una delle ultime parole portava con sé valore di addio; le altre erano parole senza valore.

Il vestito di Tanja era così stretto da immaginare la pelle e i brividi che la stavano attraversando. Le frasi di addio. Chi avrebbe detto che si trattava di un addio? Nelle minacce della ragazza, Di Mello aveva sempre scovato seconde ragioni come se avesse appreso il suo linguaggio: il linguaggio di una donna ora su questa, ora su quella nave. Era possibile innamorarsi di una donna di mare? Non era forse pericoloso, come se ci si volesse innamorare del mare stesso? Probabilmente Tanja Schwarz era il tipo di donna di cui non puoi innamorarti un po' alla volta.

Che successe quel giorno sulla rotta per King Island? In tempi normali se ne sarebbe fregata. Era stata una telefonata come tante altre; da quando la sua relazione con Di Mello andava avanti, era successo sempre così. Aveva tenuto la voce bassa perché era parte della sua sensualità. Aveva una pelle onesta, era distesa su una sedia che valeva una fortuna. A guardarla così, ci si sarebbe chiesti se era in armonia con tutto ciò che la circondava. Chi poteva esserlo? Il lusso è sempre così impalpabile perché fatto di cose inutili. Tanja era lì e forse era l'ultima volta, ma questo non lo sapeva ancora.

Domenica notte anche lei aveva dormito al Wilson; il suo nome era nella lista che Flores custodiva nel quaderno.

*

Parco di Valrose

Giovedì notte

«Dunque, non devo ringraziarla neanche stavolta,» chiese Olivier Flores a Di Mello mentre lasciavano insieme quella parte buia dei giardini.

«Coraggio ragazzo, metti questa sulla fronte e tienila su.»

«È solo un po' di sangue, poteva andare molto peggio.»

«Infatti, è per questo che ho deciso di darti una mano.»

«Quando pensa che la nostra amicizia possa prendere uno slancio diverso?»

Di Mello si mise a ridere e rispose: «Che c'è? Ci stai provando anche con me latin lover?!»

«Voglio che lei mi racconti che cosa è successo domenica notte,» insistette Flores.

«Ti mostrerò le autopsie, ho ancora le originali scritte a penna.»

«Che cosa dicono?»

«Morte naturale.»

«Naturale?!, tutte e tre?!, nello stesso posto e nello stesso giorno?!»

«L'autopsia è un accertamento tecnico non ripetibile,

Flores.»

«Allora perché ha mentito?»

«Mentito? Io?, che sono pagato per scoprire la verità!»

«A quanto pare, la verità della Medicina Legale non è la verità dei morti.»

«I morti non hanno il diritto della verità.»

«Questo non lo so, non è il mio Dipartimento.»

«Non è il Dipartimento di nessuno, non c'è medico che io conosca al quale piaccia visitare i cadaveri.»

«È per questo che siete così depressi voialtri?»

«Tu resteresti di buon umore se ti portassero corpi senza gli occhi o straziati da assurdi veleni?!»

Una persona qualunque, sentendo quelle parole, non avrebbe attribuito loro un particolare significato. Di Mello aveva fatto un paio di esempi. Poteva usarne a centinaia, dopo tanti anni di omicidi di ogni sorta, invece aveva parlato di assurdi veleni. Era stato uno sfogo, quella parola era venuta fuori come un segnale o una pista per il giovane collega. E a Flores non era sfuggita quella luce sulla punta del naso, era sudore; il grosso medico legale aveva mostrato segni di fanciullesca spensieratezza. Era stata la conversazione con Tanja a dargli quella voglia di rivelare ciò che era accaduto nell'hotel? Rimaneva l'interrogativo del perché Di Mello avesse mentito. Chi voleva difendere, e da cosa? Era coinvolto, ormai era chiaro; ma, se è vero che ogni azione viene compiuta per qualche ragione, quali erano le sue e quali, quelle di Flores?

Interpretare i segnali. Ecco qual era il ruolo di Olivier Flores. «Sono ancora sporco?» chiese. Sembrava un bambino che aveva mangiato un gelato e chiedeva alla mamma di pulirgli la bocca dimostrando che gli adulti conservano l'innocente purezza dell'età giovanile.

«Hai una macchia di sangue sul colletto, sembra rossetto.»

Cambiando tema, Flores chiese: «Lei conosce le ricerche del dottor Costa?»

«No, suppongo che siano morte assieme a lui.»

«Quelle ricerche sono rimaste al Wilson. Chamonier è stato più veloce della polizia e le ha nascoste, benché non abbia capito nulla del loro contenuto perché sono appunti personali di Costa, scritti in portoghese.»

«Tu non parli portoghese?» chiese Di Mello, che conosceva le origini del ragazzo.

«Perché, lei lo parla?»

«Noi della vecchia scuola non conosciamo le lingue, siamo poco propensi a disperdere energie in altri studi.»

«Ad ogni modo, penso che le ricerche non muoiano mai con i ricercatori.»

«Ma perché me lo chiedi?» domandò Di Mello.

«Perché anche Costa era un medico, docente presso l'università di Lisbona; era anche lui in una delle

FRANK IODICE

cellette di Roblot e, soprattutto, anche lui doveva parlare all'Acropolis.»

«Anche tu dovevi essere lì, di cosa dovevi discutere?»

«Del lavoro di Sarrazino, dei nostri progetti universitari presso il Saint Roch e forse delle nostre nuove ricerche.»

«*Vostre*? Tu mi sorprendi Flores.»

«Credeva che fossi capitato per caso in quel maleodorante alberghetto?» Quando disse quella frase non pensò realmente alla puzza né a nulla del genere, ma sentì la necessità di esprimersi così per ottenere le risposte che cercava. Continuò: «Tutti noi siamo stati obbligati, per ragioni apparentemente casuali, a trascorrere quella notte al Wilson. Nel mio appartamento dovevano effettuare dei lavori di manutenzione, avevo persino una lettera dell'impresa responsabile. Nella stessa lettera mi consigliavano di dormire in hotel a causa delle esalazioni tossiche. Guardi qui!» Di Mello si sorprese alla vista del quaderno e dei vari documenti raccolti. Flores continuò: «Il caso ha voluto che conoscessi di persona l'amministratore, il quale mi ha confermato di non sapere nulla della manutenzione alle tubature della terrazza.»

«Quale terrazza?»

«La mia.»

«Sei fortunato, io ho soltanto un balconcino.»

«La smetta di passare di palo in frasca o finirà per

assomigliare al vecchio Chamonier.»

«Chamonier non è poi così vecchio, ha su per giù la mia età.»

«Come fa a saperlo? Lo conosce?»

Le luci di Nice Nord erano tenere, pochi turisti si spingevano fin lassù, una zona tranquilla nei pressi del parco, lontano dalla strada principale. Quando Di Mello era uscito di corsa, l'edificio del teatro aveva già mutato la sua fisionomia perché a quell'ora non si svolgevano attività. I due medici conversavano con la calma di due amici che soffiano con leggerezza nuvole di fumo sottili dalla bocca, e non come due che hanno appena spinto uno sconosciuto in fondo a una scarpata piena di rovi.

«Mi dica dottore: perché mi ha fatto venire quassù?»

La hall del teatro sembrava una casa molto grande, senza padroni.

«Per nessuna ragione in particolare; è uno di quei posti dove può succedere qualsiasi cosa.»

«Questo l'ho appena visto con i miei occhi.»

«In questo teatro ho conosciuto Tanja Schwarz,» ammise Di Mello. «Ero quassù a riflettere sulla mia decisione di lasciare il Dipartimento.»

«Lei è davvero un tipo sentimentale.»

«Ho appena parlato al telefono con lei... Tanja e io abbiamo una relazione.»

«Lo so. Il concierge del Meridien lo racconta a chiunque lo minacci di fargli perdere il lavoro.»

Nella voce del medico legale si avvertì un abbassamento di tono. Lo immaginavo, disse tra sé e sé.

*

Place Garibaldi

Venerdì pomeriggio

Eleni e Vasiliki erano da qualche parte nel quartiere del porto. Rappresentavano una perfetta simbiosi tra nome e carattere: la prima era la più importante, la seconda, quella che si dimostrava insicura e meno considerata da quando erano arrivate in Francia. Nel Wilson avevano dormito decine di ragazze come loro, partite alla ricerca di fortuna. Alcune l'avevano trovata, altre no; altre ancora, avevano trovato qualcosa di simile e si erano accontentate.

Nella loro stanza c'erano fotografie appese alla parete e lenzuola colorate, diverse da quelle delle altre camere. La 2 era luminosa, affacciava sul cortile. Aveva persino una piccola terrazza sulla quale Chamonier aveva lasciato dei fiori di cui loro stesse si prendevano cura. Oltre ai gerani, c'erano piantine di basilico, fragole e menta, erano in un vecchio barbecue che qualcuno aveva gettato via e che Chamonier aveva trasformato in un vaso.

Eleni aveva il letto più bello, di fronte alla finestra, col materasso più duro, forse anche la luce più bella quando si svegliava. Vasiliki, invece, dormiva nella parte scura della stanza; il suo letto era piccolo, le sue scarpe raccolte in un angolo. Presto o tardi avrebbe voluto parlare con Chamonier, convincerlo a cambiare ordine ai loro nomi.

Erano due donne poco felici che vivevano nella parte nuova della città; le loro cattive frequentazioni ispiravano i cattivi giudizi degli altri clienti, qualunque cosa ci fosse stata in quelle borsette.

Non erano le sole ragazze greche che frequentavano l'hotel. Anche Agapi domenica notte aveva dormito lì. La differenza tra lei e le sue amiche era che loro ci vivevano e Agapi no.

Eleni era calma, si muoveva con una classe ricercata, costruita nascondendo i propri segreti e rivelando quelli degli altri. I silenzi di cui si circondava erano sempre rumorosi. Vasiliki la guardava, affatto preoccupata, benché si lamentasse di continuo e cercasse conferme nei giudizi di lei. Erano giovani, avevano ancora tempo per le guerre, eppure nei loro occhi si celavano tutte le rabbie del quartiere.

Nessuno sapeva dove e come passassero la giornata; Chamonier non era come gli altri albergatori e non aveva la consueta abitudine di impicciarsi della vita dei clienti. Svolgevano lavori part-time o studiavano all'università; forse nelle loro borse c'erano innocui appunti sottolineati con la matita. Nizza era piena di belle ragazze che andavano e venivano dall'università con borsette tanto piccole che nessuno avrebbe immaginato che contenessero libri e bloc-notes.

Nessuno dei clienti del Wilson poteva dimostrare chi era, a giudicare da ciò che aveva nella borsa. Chi entrava e usciva dall'albergo aveva lo stesso profumo dei vecchi libri in uno scaffale dimenticato in fondo alla biblioteca comunale di Dubouchage.

Così, Eleni e Vasiliki, assieme ad Agapi, camminavano su e giù imprimendo nell'immaginario collettivo un'idea della bellezza che in quel quartiere non esisteva più.

Qualcuno aveva affermato di averle viste in Place Garibaldi, passeggiare in orari insoliti, proprio mentre i nizzardi si ritiravano nelle loro case per la cena. Erano di sicuro due ragazze che non passavano inosservate: la prima era fine, i movimenti del collo eleganti; l'altra era alta, capelli scuri e mossi, e occhi poco comuni tra le coetanee francesi.

Eleni e Vasiliki erano forse le clienti più interessanti. Olivier Flores si era molto incuriosito quando aveva letto i loro nomi, due ragazze greche nell'Hotel Wilson... Aveva pensato a qualcosa che per lui era evidente e per noi un po' meno. L'anonimato del quartiere le aveva nascoste e confuse tra le altre enigmatiche giovani donne passate per quell'hotel. Quanti segreti nascondeva ognuna di loro nella propria borsetta?

VII

Anche Agapi aveva dormito al Wilson la notte in cui questa storia ebbe inizio. Era stato Chamonier, all'occorrenza generoso, a offrirle un letto gratis. Come avrebbe potuto sapere che proprio lunedì mattina nel suo albergo sarebbero morte tre persone! Le aveva dato la 7, senza il bagno.

Quella notte non fu tranquilla come Chamonier aveva raccontato al dottor Flores; le porte di alcune camere erano rimaste aperte. Anche le finestre della sala e della veranda erano aperte, faceva caldo, era inizio maggio ed era stata una giornata umida. Flores aveva dormito nella 9, aveva fatto sogni agitati. Si era ricordato di tutti gli anni trascorsi con la sua famiglia, da bambino, in alberghi piccoli come quello. Le piante del buon Chamonier avevano emanato il loro profumo per l'ultima volta, come se sapessero che da quel giorno non ne avrebbero più avuto il diritto; tutto sarebbe stato distrutto alla ricerca dei responsabili, i colpevoli di un omicidio così raro. E nel frattempo, nelle camere si muoveva qualcosa che soltanto alla fine della sua ricerca Flores si sarebbe spiegato. Per il momento, tutto sembrava avvolto dal mistero.

Forse intorno alle cinque, Agapi aveva sentito i rumori dei quali ci stiamo occupando dall'inizio di questa narrazione, quei rumori che avrebbero spiegato quanto accaduto. Un'altra porta era aperta quando lei si era avviata lungo il corridoio. In fondo, c'era la camera di Chamonier, isolata, appena socchiusa: un incosciente, dormire con la porta aperta! Quell'uomo doveva essere pazzo.

La moquette aveva camuffato i passi; potevano essere passi leggeri o molto pesanti. E le altre porte che lei aveva visto aperte? Erano quelle dei tre medici assassinati. Qualcuno era entrato nelle loro camere e poi era sparito lungo le pareti divorate dall'oscurità. Quella ragazza era l'unica cliente che poteva conoscere l'accaduto.

Se Chamonier avesse saputo che le sue nove bellissime camere sarebbero rimaste vuote per sempre, avrebbe sprangato la porta d'ingresso e gettato le chiavi dalla finestra. Sul retro del Wilson, come in molti edifici d'epoca, c'era un cortile. Tutti i vicini vi si affacciavano discretamente; Chamonier adorava quella vista, perché era nascosta ai passanti. Solo chi dormiva nel suo hotel poteva vedere quel cortile. Dalla veranda cadevano i petali dei gerani e le briciole per i passerotti. Era un universo privato nascosto da quello pubblico.

Una volta in strada, il ricordo dei rumori di quella notte si era affievolito dolcemente e Agapi aveva badato alle sue nuove scoperte incamminandosi lungo rue Hôtel de Postes alla ricerca delle sue amiche, Eleni e Vasiliki.

*

Hotel Wilson

Venerdì, ore 10:00

Olivier Flores si svegliò nel suo letto con i rumori dei bambini nel giardino. Dopo aver ucciso un uomo, una persona equilibrata non avrebbe dormito per nulla. Ci pensò e rise come si ride quando si è da soli.

Invidiava un po' i suoi pesci perché a loro era concesso di nuotare per tutto il giorno e a lui, no. Non vide ancora il pesce Cometa nell'acquario, si consolò al pensiero che prima o poi sarebbe ritornato portando con sé l'epilogo della storia.

Quella mattina sui giornali locali si parlava del ritrovamento di un uomo privo di vita, un turista greco secondo le prime fonti, nei giardini del parco di Valrose. L'uomo aveva addosso i documenti personali e il tesserino dell'Ordine dei medici del dottor Olivier Flores, già indagato per la scomparsa del rettore Douglas Sarrazino. Questo mi sembra davvero divertente, si disse mentre camminava con calma verso il Wilson. Forse avrebbe incontrato Agapi, ci sperava ma gli si intrecciavano le speranze nelle dita.

Chamonier lo aspettava con un vassoio pieno di biscotti in una mano e il caffè caldo nell'altra. Disse:

«Buongiorno dottore. Ha una macchia di rossetto sul colletto.»

«Mi spieghi perché non trovo mai Agapi qui in hotel.»

«Questo lo deve sapere lei, è lei lo psicologo! Allora. Finalmente ho parlato con le ragazze.»

Senza sapere quale assurda questione stesse per sollevare, Flores chiese: «Eleni e Vasiliki?»

«Lo vede!, anche lei nomina prima Eleni e poi Vasiliki.»

«E allora, cosa c'è di male? Così c'è scritto sul registro.»

«Ma lei non sa quanto è triste la giovane Vasiliki. Mi ha giurato di tornarsene in Grecia se questa storia dei nomi non cambierà.»

«Lei mi sembra voler tergiversare.»

«Che cos'è *tergiversare* dottore?»

«Non faccia il tonto Chamonier?, mi racconti di cosa avete parlato lei e le ragazze.»

«Quali ragazze?»

«Vasiliki-e-Eleni.»

«Oh, ora va bene. Abbiamo parlato del loro ruolo nel progetto di un certo tale.»

«Quale tale?»

«Lei deve averlo ormai capito dottore, ci saranno

ACROPOLIS

quattro nomi in questa storia.»

«Sono vivo per miracolo, il suo hotel è andato in pezzi
– guardi qui che disastro! – e lei ha ancora voglia di
scherzare.»

«Sì,» disse Chamonier mentre rideva, «e anche lei, caro
dottore.»

Ad ascoltarli così, due uomini adulti che giocavano con
i nomi e con le date come con le tessere del domino,
non sembravano quello che erano; ma, in fondo, chi di
noi appare come è in realtà, in un'epoca in cui
l'apparire vale quanto l'essere?

Le pareti del Wilson ascoltavano con lo stesso
interesse, dopo anni e anni di rivelazioni.

«Allora Chamonier, le ragazze le hanno detto che ci
siamo incontrati e che non mi hanno mostrato cosa c'è
nelle loro borse?»

«Ma è ovvio dottore. Una signora non rivela mai il
contenuto della sua borsetta. Piuttosto, mi dica: ha
scoperto perché il Nice Matin di lunedì diceva che
Agapi era pericolosa?»

«Diceva così?»

«Guardi lei stesso.»

Flores aprì il quaderno, prese l'articolo sulla scomparsa
di Agapi e si rinfrescò la memoria, *Ragazza molto
pericolosa*, diceva proprio così. Per quale ragione la
definivano pericolosa? A dire di Chamonier, non
avrebbe fatto del male a nessuno.

Guardarono insieme la lista degli ospiti, che era più o meno la seguente. (Le annotazioni di Flores, scritte tra parentesi, erano precise e pulite; la grafia di Chamonier, invece, sembrava quella di un bambino dislessico. Le persone morte e quelle già rintracciate erano cancellate).

1   NON ESISTE

2   ~~ELENI e VASILIKI~~ (*Chiarire la storia delle borsette*)

3   ~~DOUGLAS SARRAZINO~~

4   ~~DIVIZIO e MOSCATELLI~~

5   ~~*dottor Costa*~~ (*Appunti custoditi da quel* matto *di Chamarande*)

6   TANJA SCHWARZ (*Purser dello yacht "V"*)

7   AGAPI (*?*)

8   ~~IL MIO FRATELLINO MUTO DAL '78~~

9   ~~Olivier FLORES, BEL RAGAZZO MUSCOLOSO~~

10   CASA MIA

Chamonier protestò: «Perché qui c'è scritto matto ed è sottolineato?»

«Non si preoccupi, per noialtri è un privilegio.»

«Beh in tal caso la ringrazio dottore, lei è molto caro.»

«Mi dica Chamonier, dove ha nascosto gli appunti del dottor Costa?»

«Quelli scritti in portoghese? Aspetti, li ho infilati in un posto sicuro, sulla terrazza. Proprio nell'ultimo vaso.»

L'albergatore corse fuori e passando sulle mattonelle rosse della veranda rallentò il passo come se stesse evitando una macchia d'olio. Solo allora Flores ricordò l'immagine dei passerotti morti e provò un senso di compassione per il suo amico.

Anche i referti ematoclinici ottenuti nel laboratorio di rue Barla erano custoditi nel quaderno dell'hotel; tutto andava prendendo una bella piega.

«Eccoli!, sono un po' sporchi di terra, ma non ci faccia caso, faccia finta di averli riesumati lei stesso. Grazie a noi gli appunti portoghesi hanno ripreso vita, è stato così emozionante dottore, ho sentito le parole rifiorire nelle mie dita, sa, mentre scavavo...»

«Chamonier! Ho capito.»

Flores prese gli appunti del collega e li esaminò con leggerezza.

Chamonier chiese: «Allora, cosa c'è scritto?»

«Non so, ho dimenticato molte parole, ma è pur sempre la mia lingua madre.»

«Era molto piccolo quando la sua famiglia è arrivata a Nice?»

«Sì. Può considerarmi un vero niçois.»

«Non lo racconta a nessuno.»

«Questo non è vero Chamonier, finora non me lo aveva chiesto.»

«Allora, ha preso tutto? Lei mi sembra un po' stanco, immagino che voglia andare.»

«Aspetti. Prima di cacciarmi deve raccontarmi la storia delle borsette, non faccia il finto tonto.»

«Va bene, va bene dottore, adesso gliela racconterò...»

Finalmente Chamonier spiegò la faccenda delle borsette di Eleni e Vasiliki che andavano e venivano da Atene.

L'idea di essere così vicini alla verità intenerì i loro spiriti, si sentirono come due bambini che dopo l'estate devono ritornare a casa dai genitori. Mangiarono qualche biscotto e per un po' non parlarono del Wilson. Il cielo incominciava a rasserenarsi.

*

Aeroporto di Singapore

Venerdì, ore 18:15

Per una come Tanja Schwarz, era quasi un miracolo accogliere nel proprio ventre l'idea di un uomo così semplice come Di Mello. Un medico, un ex medico, o qualunque qualifica avesse, non le avrebbe garantito uno stile di vita come quello attuale. Questo era sicuro. Ma era altrettanto vero che la ragazza si era dimostrata sempre imprevedibile e questa volta non poteva smentire il suo temperamento.

Il rosso Paraskevopoulos e lei lasciarono il V nelle mani di amici privilegiati, inebriati dall'odore dei cristalli che non avevano odori. E salirono su un aereo privato diretto in Francia.

Il perché Paraskevopoulos avesse deciso di rientrare in Europa così presto rinunciando alla festa di compleanno su King Island con tante brave ragazze e fresche bevande fatte in casa, fu poco chiaro alla giovane Tanja, che viveva ancora quella fase della vita di alcune donne durante la quale ogni cosa può ruotare attorno ai propri fianchi, come se il mondo fosse il proprio satellite. Tanja dovette subire lo stress di un secondo viaggio intercontinentale in meno di una settimana.

Il volo fu silenzioso e privo di momenti interessanti; si immersero nei loro giochi ultra piatti e leggeri, discretamente inutili. Tanja indossava un vestito bianco, un bianco a volte più scuro, come una nuvola che infine può variare il suo colore secondo i mari che vi si riflettono. I veli che si moltiplicavano a ogni suo gesto parevano ora pochi ora troppi; quella ragazza era indubbiamente ammaestratrice di fantasie. I suoi capelli chiari le conferivano un'aria docile da bambina. Il greco la osservava; gran parte della sua testa si nutriva segretamente di quei riflessi. La sua maniera di tenere sempre dritte le spalle eccitava la parte restante del cervello di quell'uomo.

*

Hotel Wilson

Chamonier assistette a una delle conversazioni tra Flores e sua moglie. Le risate di lei si sentivano come se ci fosse il viva voce:

«Olivier Flores, non mi dire che neanche oggi sei andato a scuola!»

«La prego signora maestra, non mi tratti così, sono vivo per miracolo. Se lei sapesse quello che mi è capitato, non sarebbe tanto severa con me.»

«Basta, smettila di inventare scuse!, sei un somaro e non hai mai voglia di studiare come gli altri bambini.»

Flores rise e riportando gli occhi nella cornetta continuò: «La prego signora, mi dica quando tornerà da Atene, così posso organizzarmi. Oggi?, domani forse?»

«Mai! Speri di cavartela così, piccolo moccioso, e far sparire in tempo le tue amichette?»

«Quali amichette?! Oh, se lei sapesse signora maestra...»

Per Chamonier, già in lacrime, quei due erano un esempio della migliore poesia romantica; se avesse ancora avuto un hotel, avrebbe offerto loro la camera più bella. Mentre si asciugava le guance, mise su un altro caffè.

Le indagini erano sospese. Parte della polizia era alla ricerca di Flores, parte se ne era già dimenticata. Ma Chamonier lo sapeva, non ne soffrì: tutti dimentichiamo.

Al Wilson, ancora nessuna traccia di Agapi.

Guardò un po' il bel dottore che pregava la maestra affinché restasse indulgente e non lo bocciasse. Olivier Flores aveva una carnagione luccicante, come la polvere del miglior caffè. Chamonier si era innamorato della fantasia di quel ragazzo. Lo ammirava soprattutto perché nessuno lo aveva obbligato a rischiare la propria vita per aiutarlo. Gli ricordava qualche vecchio cliente accompagnato qua e là per mostrargli i paesi della riviera. I panorami sorridenti dal colle di Villefranche adesso erano negli occhi del giovane medico, il quale senza uscire da quella sala lo stava divertendo con altrettanta virtuosità. Una ballerina di flamenco che gettava rose al pubblico, una schiera di cipressi che danzava su letti di aghi, vivevano in quegli occhi. E Chamonier – il quale non capiva bene come funzionasse con la storia delle preghiere – non seppe quale divinità ringraziare per quel dono tanto inatteso.

In questo racconto non c'è spazio per le storie d'amore. Perciò, fingeremo di ignorare lo sguardo languido di Chamonier e ci concentreremo sulle sue innocue risate, accompagnate da quelle di Flores, una volta spento il suo telefonino.

*

Dipartimento di Medicina Legale

Venerdì, ore 17:55

Struttura ospedaliera del Pasteur, alle spalle della collina di Cimiez. Le pillole avevano circolato nelle vene di Olivier Flores purificandole da qualunque sostanza gli avessero fatto ingerire; chi, come e quando, era ancora da spiegare.

Col pieno controllo dei suoi ricordi recenti, pertanto, Flores ritornò alla Medicina Legale e tentò ancora di cavare informazioni utili dalla boccaccia compita dell'infermiera con gli occhiali rossi che non gli aveva aperto il cancello la prima volta. Andare dappertutto a piedi poteva essere stancante, se non fosse stato così allenato. Una volta lì, il pensiero che sua moglie stava per tornare da un momento all'altro gli bastò a non lasciarsi ingannare dai movimenti tipici di una bella ragazza che, inconsapevolmente o meno, attraeva su di sé ragioni e inganni come api sul miele fresco. In altre parole, cercò di guardarla negli occhi.

«Mi fa uno strano effetto rivederla qui di nuovo, e con una faccia normale.»

«Cosa aveva la mia faccia l'altro giorno?» chiese Flores.

«Pareva che si fosse drogato.»

«È per questo che non mi ha lasciato entrare?»

«Era tardi, dovevamo chiudere.»

«La chiusura è scritta lì, è alle otto.»

«Si scrive quello che si vuole, dottore, lei non lo sa?»

Flores non rispose, piuttosto domando a sua volta: «Ha visto Di Mello oggi?»

«È passato ieri pomeriggio, ci ha detto che avrebbe lasciato la Medicina Legale e gli incarichi presso Roblot.»

«A lei non dispiace?»

«Che cosa? Che se ne vada? Noi infermieri corriamo dietro ai pazienti per la maggior parte del giorno, non abbiamo il tempo di affezionarci ai colleghi.»

«Anche noi abbiamo un rapporto diretto con i pazienti. Che medici frequenta lei?, soltanto appassionati di golf e altri sport da ricchi, come lo yachting?...»

Flores intuiva, dalle sciatte tirate di spalle dell'infermiera, un certo risentimento nei confronti di chi le versava lo stipendio. C'era da comprendere se i suoi sfoghi erano dovuti a quell'abitudine a lamentarsi, tipica dei nizzardi, o da qualcos'altro. Se, al contrario, quelle lamentele avevano come oggetto persone vere, la questione poteva farsi interessante. Perciò affinò il tiro:

«A lei piacciono le barche di lusso?»

«Che domande!, a chi non piacciono?!»

«Beh, dipende da quanto ci si senta attratti dal lusso e da simili frivolezze.»

«Le chiama così, dottore, perché non ne possiede. Lei è

una volpe senza il formaggio, dottor Flores.»

«Oppure un corvo che, in fondo, non lo mangia. E Di Mello?»

«Di Mello, cosa?»

«A lui piace il formaggio?»

«Non credo, è un altro come lei quello lì, va in giro con gli stessi pantaloni tutti i giorni. Pare che – detto tra noi – si sia rovinato con il divorzio e che la sua ex moglie lo abbia ridotto alla miseria. Mi hanno raccontato – ma lei non lo dica a nessuno – mi hanno raccontato che adesso vive in un sottotetto di rue Bonaparte. Chissà cosa farà se è vero che ha lasciato il lavoro.»

Flores capì tante cose: Di Mello dunque era già divorziato e non lo aveva detto a nessuno. Chiarì anche l'enigma dell'appartamento così umile all'ultimo piano di quel palazzo maleodorante, nonostante la sua posizione e, infine, apprezzò che il suo collega non gli avesse rivelato nulla nonostante le confidenze scambiate durante il loro ultimo incontro nei giardini di Valrose. Si meravigliò perché era convinto che dopo aver condiviso un segreto così grande come la morte di qualcuno, non avessero bisogno di nascondersi nulla; ma per Di Mello la morte aveva valori molto diversi, minori.

Flores aveva trovato elementi in comune tra la Medicina Legale, Roblot e lo yacht di Paraskevopoulos. Era sicuro delle sue idee mentre stuzzicava la giovane infermiera istigando la sua propensione al pettegolezzo, ma non sapeva per quale ragione il dottor Di Mello avesse dato le dimissioni e si stesse avviando lungo il cammino impervio dello *chomage*. Un uomo all'apparenza tanto mite era davvero coinvolto in questa storia di omicidi? Certamente aveva mentito riguardo alle autopsie dichiarando che si trattava di morte naturale; sembrava uno scherzo che una malattia potesse stroncare tre vite così velocemente, nello stesso posto e alla stessa ora.

Sembrava che l'unica fortuna che aveva Di Mello fosse la relazione clandestina – e quindi molto eccitante – con la giovane Tanja Schwarz. L'eccitamento, quel misto di entusiasmo e complicità, lo aveva spinto a tenere nascosto il suo divorzio.

A volte, a una certa età, s'incomincia ad aver paura, si perde gradualmente il coraggio, e il giudizio degli altri ci pesa di più. Per quanto riguarda Di Mello, era possibile che per il timore che Tanja lo trovasse uguale agli altri uomini, le avesse tenuto nascosta la sua reale condizione. Forse, se le avesse annunciato di essere finalmente single e pronto per una relazione stabile, lei lo avrebbe lasciato. Tenuto conto dell'animo contraddittorio di Tanja, ciò giustificava anche il luogo scelto per i loro incontri: quell'hotel quattro stelle sulla Promenade (pessima scelta, avrebbe obiettato Chamonier). Incontrarsi lì era un buon pretesto per non mostrarle la sua casa; Di Mello ci aveva pensato bene. Pur di non confessarle che in realtà non se la passava poi così bene, preferiva raccontarle che a casa c'era sua moglie, evidentemente poco entusiasta di riceverli nel loro letto.

Se ci si guarda in giro, ci si accorge che tante storie si

ripetono; negli occhi della gente è facile riconoscere sentimenti simili tra loro, come se la vicenda di un solo uomo e di una sola donna potesse diventare la vicenda del genere umano.

Mentre ritornava indietro, Flores ripensò a Douglas Sarrazino.

Sarrazino era un uomo buono. Nonostante quello che si racconta in giro, esistono uomini buoni o uomini cattivi. La questione delle attenuanti o delle circostanze che fanno apparire queste due categorie sotto false sembianze, può e non può essere vera. Forse nella vita reale, quella della gente al mercato e ai Caffè, funziona esattamente come nei romanzi. Ma non tutti hanno l'ardire di ammetterlo. Perché? Trovare una risposta a questa domanda è sempre stata l'ossessione di ogni buon medico, ed era anche quella di Flores.

Forse a rischio della propria vita, Sarrazino aveva anteposto a tutti gli altri aspetti del suo lavoro quel sentimento di amore qui analizzato nella sua sfumatura chiamata carità. Era un uomo di Chiesa, non solo un medico appassionato e giusto. Molti non amano chi prodiga la carità, ma il suo assassino non era tra questi. La sua morte aveva ragioni ben diverse, da ricercare in quel congresso a cui lo stesso Olivier Flores avrebbe dovuto partecipare.

Rifletté sui temi da trattare all'Acropolis. E adesso che aveva messo le mani anche sugli appunti di Manuel Costa, la faccenda si faceva ancora più interessante.

Il rettore Sarrazino aveva preparato una relazione concentrata attorno ai recenti studi universitari. Avrebbero parlato delle ricerche condotte con l'aiuto della Facoltà di Medicina. Lo stesso Flores avrebbe raccontato la sua esperienza in qualità di neolaureato. Altri argomenti erano pronti sulle cartelle dei quattro medici. Sarebbero stati trattati con la leggerezza e la pedanteria di qualunque congresso. Eppure, in una di quelle relazioni era contenuta una verità che qualcuno voleva tacere per sempre. Solo così Flores si era spiegato quegli omicidi. Il ragazzo era persuaso che Sarrazino sapesse e che, per non mettere in pericolo gli altri, avesse evitato di parlarne fino alla fine. Una fine uguale per tutti e tre, in un piccolo hotel del centro, con camere senza la toilette. Una morte assurda.

Il volto di Sarrazino in quella fotografia sulla prece funeraria sapeva ogni cosa, un po' perché era morto e un po' perché nelle foto alcune persone appaiono come se fossero già morte.

Ora Flores era davanti ai cancelli della Medicina Legale e aveva nelle mani il quaderno dell'hotel. C'era ancora qualcosa che lo incuriosiva: l'incontro fugace con la cara infermiera con gli occhiali rossi non lo aveva soddisfatto, per questo era tornato indietro e questa volta si era messo in coda tra i pazienti.

La sala d'attesa era ampia, c'era un immenso tavolo di marmo, più tipico di un giardino. Si ricordò delle antiche parole crociate e delle riviste di moda datate che si è soliti trovare nelle sale d'attesa. Dal pannello – lo stesso sul quale aveva letto i vaghi orari di apertura

– risultava che i medici, tra i quali Di Mello, ricevevano su appuntamento dal lunedì al venerdì. Accanto a lui, sedeva gente paziente che amava attendere come se quella fosse la sola attività che era loro concessa. Tutti tacevano e fissavano le riviste chiuse.

Dopo questa incursione nella mente piatta dei pazienti, Flores tornò al bancone delle infermiere e ci tenne a precisare ancora un paio di punti.

«Che ci fa di nuovo qui, dottore?, guardi che sono sposata!»

«Anch'io,» disse Flores. Provò a rimanere distaccato considerando che quando ci si rivolge a qualcuno si può dire qualunque cosa se si riesce a spiegare con lo sguardo giusto. Poi aggiunse: «Ma questo che cosa c'entra?»

«Nulla, era per mettere le cose in chiaro.»

«Volevo ancora chiederle qualcosa.»

«Riguardo a chi?»

«Riguardo al caso di omicidio dell'Hotel Wilson.»

«Se ne sta occupando il dottor Di Mello, lei lo sa. Stanno indagando sulle cause della morte.»

«E voi che cosa ne pensate?»

«Non capisco la sua domanda.»

«Il problema potrebbe essere proprio questo.»

L'infermiera sospirò.

«Che cosa vuole da me, dottore?, quanto immagina che possa importare del caso Wilson a una che prende uno stipendio schifoso come il mio?!»

«Perché parla così piano?, ha paura che la sentano e lo raccontino al direttore?»

«Non faccia lo stupido dottore. Lei sa che quando fa lo stupido diventa insopportabile!»

«Sì, lo so, lo so.»

«E poi, cosa importa a lei dei nostri incarichi?»

Flores immaginò di rispondere così:

"Dunque, il dottor Di Mello, uno dei suoi capi, che ho avuto il piacere di conoscere qualche giorno fa, mi ha salvato la vita per ben due volte in una settimana. Di Mello ha una relazione con la signorina Tanja Schwarz; domenica notte la Schwarz ha dormito al Wilson; nello stesso hotel e nella stessa notte c'era Agapi, la ragazza greca che sto cercando, e della quale lei e io abbiamo già parlato."

Invece rispose così:

«Mi piacciono i vostri incarichi, indagare sugli omicidi, analizzare i cadaveri, dev'essere un lavoro eccitante. Non sarei mai dovuto diventare psicologo, il vostro Dipartimento mi sembra molto più interessante del mio.»

L'infermiera smise di sorridere; le sembrò di aver esagerato. Forse quelle sulle autopsie erano informazioni troppo riservate; non avrebbe dovuto darle al primo che passava. Ma quel dottor Flores era così gentile che gli avrebbe raccontato qualunque cosa...

Nella testa del giovane medico c'era soltanto il viso di sua moglie, la quale, dopo il tour in Grecia, stava per ritornare finalmente a casa.

VIII

Roblot

Sabato mattina

Vicky Di Mello fumava e rideva; sembrava uno di quegli uomini appartenenti alla categoria di chi guarda l'orizzonte mentre cammina, ma in alcuni momenti, come quello in cui Tanja lo aveva tenuto attaccato al telefono, scivolava in un'altra categoria: quella di chi non vede alcun orizzonte.

Quel fine settimana si convinse che l'amore fosse soltanto una storiella da raccontare ai pazienti bramosi di una metà perfetta per la loro vita tanto vuota. Mentre camminava verso Roblot si convinceva di qualunque cosa che non gli avrebbe impedito di infilare la mano nella tasca della giacca e tirar fuori il telefonino per chiamare ancora e ancora e ancora…

Nel frattempo ricominciava la canzone più antica del mondo, che non era né lo sciabordio delle onde sotto le mura della Promenade, né le gocce simili agli aghi che incominciavano a cadere sull'asfalto producendo tintinnii su una lastra di ghiaccio, ma il segnale di occupato ogni volta che portava il telefono all'orecchio.

Al Roblot era custodita la copia cartacea delle autopsie da consegnare ai colleghi del Dipartimento di Medicina Legale, non tanto contenti di aver aspettato oltre il tempo necessario. Se la prese piuttosto comoda; andò a piedi e guardò dentro tutte le vetrine del quartiere cercando il senso della sua resa professionale. In rue Sainte Marguerite c'erano perlopiù negozi di pompe funebri, le loro vetrine non sortirono effetti rasserenanti, ma lo distrassero dal pensiero che più l'ossessionava: Tanja. Dov'era finita Tanja?, che cosa fare con Tanja?, Tanja, Tanja, Tanja.

I suoi assistenti si erano presi il week end libero. Il giovane e ansioso Taouil era corso da sua moglie e si era rifatto di un'intera settimana di assenza.

L'ufficio era chiuso a chiave. La porta a vetri, illuminata dall'interno perché erano tutti partiti di fretta e avevano lasciato le imposte spalancate. Non c'erano funzioni, né arrivi previsti: quel fine settimana non morì nessuno.

Di Mello sorrise ripensando a tutte le salme che erano passate per quegli uffici, inconsapevoli dell'oltraggio che si andava a compiere sul loro corpo. Il gesto con cui infilò la chiave nella serratura, quella volta, ebbe l'aspetto di una precisa pugnalata nello stomaco di qualcuno che non avrebbe più rivisto.

Le autopsie, come d'accordo con Taouil, che era stato di parola, erano sulla scrivania: sul primo fascicolo c'era una nota scritta di fretta col pennarello:

> *Ecco le autopsie, dottore. Non dormiamo da tre giorni. Si ricordi che quello che ha fatto è illegale e rischia di andare in galera.*
>
> *Io non voglio saperne più nulla! Getti questo biglietto in uno dei forni, lo leggeranno solo i morti.*
>
> Y.

Youssef Taouil, giovane e nervoso, era sempre stato un tipo melodrammatico. Di Mello rise quando lesse il messaggio, lo trovò molto affettuoso, quasi patetico. Esaudì il desiderio del ragazzo e gettò il pezzetto di carta in uno dei forni. Alla prima cremazione, il loro segreto sarebbe morto assieme a qualche anima buona, infilata lì dentro per disgrazia o per legge naturale.

Il medico si rendeva conto che quelle autopsie erano chiaramente false: negavano che Sarrazino Costa e Divizio erano stati uccisi, benché fosse ormai evidente. Rivide alcuni passaggi del suo lavoro, in particolare quello in cui dichiarava che avrebbe lasciato il suo incarico, e sorrise ancora. In quell'istante somigliava a Olivier Flores; uno dei due aveva rovinato la testa dell'altro. Di Mello sapeva cosa stava rischiando, ma sapeva anche che alla polizia mortuaria non interessava affatto la verità. Quando un medico legale afferma il falso, se ne assume la responsabilità: come in tanti altri mestieri, anche nel loro caso era soltanto un gioco di ruoli e di colpe.

Tornò in centro con l'autobus, si dimenticò anche di comprare il biglietto e, non avendo un soldo addosso, dovette barattare cinque sigarette con un ragazzino appollaiato sulla morbida barra di ferro smaltata di nero.

Per tutto il giorno, Di Mello continuò a provare, ma il telefonino di Tanja sembrava disattivato. In genere, quando la ragazza era in mare, capitava che per molto tempo non si facesse sentire; eppure l'unica cosa che desiderava era ascoltare la voce di lei dall'altra parte. Al diavolo i problemi di comunicazione! Di Mello scuoteva la testa, il vento lo seguiva come la puzza di strade e di piogge.

Fece un salto al Dipartimento di Medicina Legale, dove finalmente consegnò quei documenti. Le lamentele dell'infermiera con gli occhiali rossi, sommersa dai fascicoli in arrivo dagli uffici, gli sembrarono i suoni leggeri e impalpabili di un usignolo spensierato su un ramo bagnato di rugiada. La collina del Pasteur era più mite e avvolta da un'aura di carezze divine.

Adesso Di Mello era un uomo libero, aveva ufficialmente lasciato il lavoro e si riproponeva di raccontare a Flores le ragioni della sua bugia. Era rilassato, teneva una mano nella tasca, si guardava di tanto in tanto la macchia di caffè che ormai era quasi svanita e si chiedeva come fosse possibile indossare lo stesso paio di pantaloni per una settimana. Gli avvenimenti recenti lo avevano talmente scosso da fargli dimenticare tutto il resto.

Come aveva temuto durante la sua attesa, appena smise di pensare a Tanja, il suo telefonino incominciò a vibrare. Di Mello provò la desolante sensazione della colpa, quasi come se dall'altra parte Tanja potesse accorgersi che aveva smesso di pensare a lei.

«Ti ho chiamato perché sono a Nice!» disse lei.

«Non capisco Tanja, mi avevi detto che navigavate verso King Island, che c'era una festa di compleanno che non potevi perderti per nulla al mondo.»

«Non te l'ho mai detto, sai bene che non te lo avrei mai detto.»

«Che cosa ci fai qui?»

«Sono appena atterrata, sono con Paraskevopoulos.»

«Ah. Una luna di miele.»

«Sei uno stronzo, sei soltanto uno stupido medico.»

«Ti devo lasciare Tanja, ho un mucchio di lavoro.»

«Avevi detto che stavi per abbandonare il tuo lavoro. Ma dev'essere la stessa storia della moglie.»

«Ho lasciato la Medicina Legale. Non mi riferivo a quel lavoro.»

«E A QUALE ALLORA?!»

«Te lo racconto quando ci vediamo.»

Tanja rispose con la vaga aggressività dei calmi e dei lunatici: «Chi ti ha detto che ci rivedremo?»

«Ti annoi quando sei con lui. Mi basta aspettare davanti alla tana e il topolino verrà nelle zampe del gatto: la sua curiosità è più forte dell'istinto di sopravvivenza.»

«Sei troppo sicuro di quello che dici, Vicky Di Mello. Un giorno o l'altro te ne potresti pentire.»

«Non fa niente, l'importante è non vivere nell'attesa di quel giorno.»

«Vediamoci domani, all'una, al solito posto.»

«Al solito posto, parleremo del nostro futuro,» chiese il medico.

«Parleremo, forse.»

«Mi sei mancata Tanja.»

«Anche tu, stupido medico.»

*

Porto di Nizza

Ore 11:00

Olivier Flores sentì il rumore della pioggia leggera del

sud. L'attesa di sua moglie rendeva ogni percezione più forte e una semplice pioggia sembrò una specie di cascata di domande: che cosa custodivano Eleni e Vasiliki, quelle due furbette arrivate dalla Grecia, nelle loro borse?, chi aveva ucciso Sarrazino Costa e Divizio? e dov'era finita la misteriosa Agapi? Temeva di aver perso le risposte durante il sonno, un sonno lungo e risanante, e soffriva di quello strano timore di confondere la realtà con la finzione.

Fu così che quel risveglio portò cattivi consigli e Flores telefonò in hotel per chiedere a Chamonier di preparargli quel caffè promesso da una settimana. Davanti a un buon caffè si può raccontare tutto, pensò mentre lasciava il monolocale sui giardini dell'asilo.

Ogni volta che non sapeva dove andare, Flores finiva al porto; il pensiero che la polizia lo stesse cercando, inoltre, lo faceva muovere di continuo anche senza mete precise.

A poche decine di metri, c'era il medico legale col suo telefonino all'orecchio, il quale gli fece un cenno come se si fossero dati appuntamento e terminò velocemente la telefonata già descritta nelle precedenti pagine. Rideva.

Appena i due medici furono l'uno di fronte all'altro, si scambiarono un cenno del capo e non dissero nulla. Di Mello rimase seduto sulla panchina, si accese una sigaretta che sembrò nascergli dalla mano. Se la prendevano comoda.

Flores compose il numero del Wilson, che ormai conosceva a memoria; appoggiò i gomiti sul marmo e perse lo sguardo tra le barche:

«Come va dottore? Sua moglie è ritornata?» Chamonier proclamò con la solennità di un politico sicuro di sé: «Allora, io mi sono messo a studiare il portoghese. I clienti brasiliani che una volta ho accompagnato in aeroporto mi hanno regalato questi sandaletti bellissimi ma anche un dizionario tascabile di lingua parlata, pratico per tutte le situazioni. Dunque, senta qui: *Com licença senhora, onde fica a garafa de Ginjinha do doutor Flores?* A proposito dottore, dove ha messo la penna dell'Oracolo di Amon?»

«Che cosa c'entra la penna dell'Oracolo con la Ginjinha, Chamonier?!»

Flores era sfinito.

«C'entra sempre tutto con ogni cosa, lei non può sapere in che modo i pensieri altrui si intrecciano tra loro. La sua è una laurea inutile.»

«Grazie a Dio! Mi farebbe intrecciare lingua e occhi se volessi starle dietro. Ho persino dimenticato perché l'avevo chiamata.»

«Perché vuole che mi abbia chiamato? Mi telefona sempre per dirmi che sta per venire a trovarmi: è convinto che io le nasconda qualcosa. Non è così, *doutor*?»

«Ma che dice Chamonier?!, lei non sarebbe capace di nascondere niente. Certe persone sono trasparenti come una finestra aperta. Talvolta vorrebbero scegliere chi far affacciare e chi no, ma non sono mai loro a decidere.»

«Vuole dire che io non riuscirò mai a nascondere un bel nulla a chi mi pare?»

«Mai, e non è il solo.»

Flores diede uno sguardo al medico legale, sulla panchina, perso nei suoi pensieri e nel fumo.

«Sì, ma la penna ce l'ha ancora?» domandò Chamonier.

«Che ci deve fare?»

«Vorrei darla ad Agapi, lei è qui e me l'ha chiesta.»

Agapi, forse la vera ragione che aveva spinto Olivier Flores a incominciare quelle ricerche. Inutile negarlo, sarebbe stato un bugiardo: quando sentì quel nome, si ricordò di molte cose rimaste in sospeso.

Di Mello ebbe un piccolissimo capogiro, simile a quando si fissa la cima di un palo molto alto. Sulla strada arrivava il vento leggero dal Mont Boron che gli accarezzava la nuca. Si ricordò di essere quasi calvo, accelerò le idee. Una ragazza nera mangiava una mela alla fermata dell'autobus di fronte alla chiesa; gli alberi erano verdi e bianchi. La luce della città, sparita da una settimana, stava ritornando.

Il medico legale rifletteva sulla sua disonestà giustificando ciò che aveva fatto. Dopo una vita così retta aveva sognato di mentire e con quelle autopsie ci era riuscito. Su cosa aveva mentito, dopotutto? Che importanza aveva ormai la ragione di quelle morti? La morte non dovrebbe avere ragioni.

Ripensava anche a Tanja, al loro incontro, l'indomani al solito posto. Il solito posto era il grosso hotel quattro stelle che Chamonier odiava tanto, uno qualsiasi scelto a caso lungo la Promenade.

Davanti alla sua panchina passava la strana gente del quartiere, senza tener conto che si trattava del quartiere di Olivier Flores. Il legno sul quale era seduto lo punse, gli ricordò che il tempo non era così lento come lui e i suoi pazienti avevano creduto. Di Mello ripensò ancora a Tanja Schwarz. Un grosso pezzo di pane galleggiava vicino al molo, dei pesci eccitati lo baciavano appassionatamente.

Tanja era una ragazza fragile. Nel suo lavoro forse non si notava, appariva sicura e prendeva decisioni per un'intera compagnia di milionari; decideva gli scali, i tempi di sosta, addirittura i menù delle lussuose cenette in posti scoperti per stupire gli ospiti del suo capo. Ma nella vita privata poteva rivelare insicurezze inaspettate; qualche volta aveva confessato al medico – forse in uno di quei momenti in cui non importa quello che si dice, come se non ci fossero conseguenze e il mondo finisse proprio lì con il proprio piacere – di essere convinta di non riuscire a esprimersi mai come voleva. Anche se... Forse soltanto chi mette in dubbio le proprie azioni riesce in ciò che fa come ci riusciva lei.

Di Mello si era sempre chiesto che cosa fosse la sicurezza, a cosa servisse. Si domandava anche quale fosse il vero colore degli occhi di quella ragazza. A volte erano stati verdi, altre volte azzurri o addirittura grigi, e lui non aveva mai capito la ragione per la quale cambiassero così. Né aveva osato chiederlo a lei: una cattiva abitudine dovuta al suo lavoro con i morti, ai quali non aveva mai domandato nulla. Come avrebbe voluto, ad esempio, interrogare il rettore Sarrazino per scoprire la ragione di quegli occhi irrorati di sangue, che avevano invertito la legge ipostatica consueta, e chiedere loro il perdono che i morti non negano quasi mai. Se adesso Sarrazino avesse visto il volto illuminato del medico al pensiero di incontrare la giovane Tanja, avrebbe compreso le sue bugie.

Aveva lasciato tutto nelle carte consegnate alla Medicina Legale; tutto ciò che faceva parte della sua prima vita, sarebbe tornato a fargli visita ancora a lungo. Con la consapevolezza del suo passato, Di Mello avrebbe affrontato il presente. Aveva divorziato e non lo aveva detto a nessuno, entrando già allora in una dimensione irreale: se tutti credevano di conoscere un medico legale depresso, nessuno sapeva chi fosse lui in realtà. Nessuno lo conosceva davvero; era questa la sua maniera di fuggire e di consegnarsi con tutta la libertà nelle braccia di una donna come Tanja Schwarz.

Il tempo, per legge inoppugnabile della vita, corre quando vuole e si ferma quando gli pare.

Olivier Flores guardò Di Mello sulla panchina, poi guardò il quartiere e si ripropose di tirare le somme della vicenda prima dell'arrivo di sua moglie.

Di Mello ricambiò il sorriso del ragazzo; disse: «Vengo con te al Wilson se non ti dispiace. Debbo delle scuse al proprietario. Sai di cosa parlo.»

Mentre si avviavano lungo Cassini, il cielo si schiarì. Una bella luce sulle finestre di un'intera facciata di rue Emmanuel Philibert fino al palazzo rosso in cui è nato Garibaldi.

Di Mello e Flores non parlarono fino all'hotel, non ce n'era bisogno, era tutto in quel quaderno: entrambi avevano piccoli segreti che si erano nascosti ai fini dei propri intrecci. Durante il loro cordiale silenzio, di tanto in tanto, si scambiarono brevi battute come questa:

«Quelle infermiere... Ma perché ce l'hanno tanto con noi?»

«Sono invidiose per la scrivania: loro non ce l'hanno, Flores, e noi sì.»

*

Hotel Wilson

Ore 18:00

Eleni e Vasiliki andarono da Chamonier poco prima che i due medici arrivassero. Come stava succedendo con Agapi da lunedì mattina, non si incrociarono per pochi minuti.

Chamonier indossava una T-shirt nuova e dei jeans bianchi col risvolto sotto alle ginocchia. Sembrava un marinaio, o un cantante che canta di marinai. Eleni, forse per via della sua età, gli dava del Tu. Vasiliki, invece, gli dava del Lei da quando si conoscevano. Fu proprio quest'ultima a ripetere: «Chamonier, glielo dica, la prego!»

«Ma cosa vuoi che le dica?, se il suo nome viene prima del tuo, devi fartene una ragione, piccola mia. E poi è lei la più vecchia.»

«Bada bene a chi dai della vecchia!» lo interruppe Eleni.

«Facevo per dire, non ti intromettere anche tu. Piuttosto, dimmi un po'.»

«Cosa?»

«In quella borsetta...»

«In questa borsetta, cosa, Chamonier? Pensa ai fatti tuoi.»

«Voi siete malvagie, non importa chi viene per prima nella lista.»

«Quale lista?»

«La lista dei malvagi!!!» urlò Chamonier.

Eleni gli spiegò: «Ascolta caro, non possiamo raccontarti tutto perché tu...»

«Perché io non ho più un hotel e non vi servo più, non è così? Adesso che il Wilson è chiuso, nessuno si ricorderà del povero Chamonier Chamarande e dei suoi sandaletti.»

«Ma no, cosa dici Chamonier?, i tuoi sandali sono bellissimi.»

«Noi veniamo qui perché ci piacciono i tuoi biscotti,» aggiunse Vasiliki.

«Lo sapevo, ne ero certo, ma non ve ne darò neanche uno.» Chamonier cambiò il tono, che si avvicinò a quello di una persona più seria, e chiese: «Ragazze, siete sicure che non c'entrate nulla con questa storia?»

«Eleni, diglielo tu.»

«Ecco, Chamonier, a dire il vero, un po' sì.»

«Un po' quanto?»

«Un pochino, sai un pochino così.»

Per quanto ne sapeva lui, in una di quelle borsette c'era qualcosa che aveva a che fare con gli omicidi. Il resto, avrebbe dovuto scoprirlo il dottore. Ma dov'era Flores? Al telefono aveva detto che sarebbe arrivato presto. E Chamonier non sapeva più cosa offrire loro per trattenerle; avevano mangiato i biscotti e bevuto due caffè densi come catrame. Alle ragazze piaceva così; Chamonier ricordava i gusti di tutti, uccellini compresi.

«Gli altri clienti sono partiti caro?» chiese Eleni, le mani incrociate sul tavolo e la giacca sottile abbottonata.

«Più o meno. Qualcuno per sempre, qualcun altro no; anche Agapi, non si vede da domenica scorsa.»

«Quella lì…»

Chamonier si arrabbiò di nuovo. «Quella lì, cosa? Vasiliki ha ragione: tu sei in cima alla lista dei malvagi! Il suo nome dovrebbe venire per primo, e non il tuo.»

«Voilà Chamonier, glielo dica anche lei!» ripeté Vasiliki.

Chamonier aggiunse: «Per tenere il dottore lontano da inutili pericoli, ogni tanto gli ho chiesto di venire e gli ho detto che Agapi era qui.»

«Perché lo hai fatto?» chiese Vasiliki. «Sapevi che non era possibile.»

«Quel ragazzo è matto per Agapi, muore dalla voglia di vederla.»

«Sei un pagliaccio e un bugiardo,» disse Eleni.

«Sì, è vero, io sono un bugiardo, ma so quello che faccio. Invece voi, cosa farete voi ragazze, adesso che i medici sono stati uccisi così dolcemente e tutto il fango sta diventando cristallino come l'acqua infinita del fiume Lete?»

«Sei bugiardo ma sei anche un poeta, Orfeo del Saint Roch.»

«Oh, siete gentili, mi farete sentire un uomo con due donne nella stanza.»

Eleni e Vasiliki, intriganti persino per lui che non ci aveva mai pensato, conoscevano la storia di Flores. Quando lo avevano incontrato, si erano lasciate affascinare dal suo modo di parlare e avevano giocato a nascondergli il contenuto delle loro borse. Per Chamonier era diverso, a lui l'avevano mostrato; che male c'era! Il caro Chamonier sembrava ignorare ogni cosa; per un albergatore abituato a conoscere le storie di tutti, rimanere all'oscuro della propria, doveva essere snervante.

*

Palazzo dei congressi, Acropolis

Sabato, ore 17:30

Tanja Schwarz camminava in centro alla ricerca di qualcosa, come tutti quelli che passeggiano nel centro delle città. Si chiedeva se non fosse più conveniente andare sulla Promenade, come coloro che invece non hanno preoccupazioni e passeggiano sul serio. Prima di rivedere Vicky doveva passeggiare da qualche parte, di questo era alquanto sicura.

Arrivò in Place Gautier, nella vecchia città, dove stavano suonando il jazz. Il nome della piazza era illuminato di rosso, all'angolo c'era un antico lampione acceso, appena sopra la sua testa. La luce non era ancora forte, ma i tavolini luccicavano, le tende di una brasserie tinsero di arancio le guance della ragazza. Le sigarette gettate dalle finestre avevano bruciato la tenda lasciando dei fori attraverso i quali passavano fili di luce che trasformavano quella stoffa in un cielo stellato.

Tanja pensò al medico e alle barche. La musica le stava restituendo i mesi trascorsi fuori, sullo yacht. Il vestito indossato per tornare in Francia attirava i riflessi della luce che fuggiva dagli stretti anfratti. La giovane Tanja Schwarz portava con sé una certa dose di mare e di vento.

Gli artisti di strada brasiliani, che ballavano la Capoeira, quel giorno ne avevano meno voglia del solito; si trascinavano ipnotizzati dai propri tamburi. La incrociarono e le cantarono una canzone che lei non comprese. A volte Tanja fungeva da ispirazione, altre volte si sentiva causa di problemi. Non sapeva nulla del divorzio di Vicky. Ma perché non gliel'ho detto? Lui è sposato, io sono soltanto la sua amica. Non può continuare così, questa volta parleremo.

Paraskevopoulos le telefonò: quando il cellulare vibrò, il tavolino suonò come un sacchetto con i campanelli la sera di Natale. Il milionario chiese: «Dove sei?!»

«In giro, mi godo il mio congedo.»

«Chi ti ha detto che sei in congedo?!»

«Non ho bisogno che me lo dica qualcuno.»

«Raggiungimi al Café de Turin, ho ordinato la cascata di ostriche.»

Quando parlava con lui, Tanja sembrava diversa. Rispose: «Le ostriche mi fanno schifo, puzzano di mutande sporche, ne hanno persino il sapore. Eppure quelli come te continuano a ingozzarsi in quel Caffè schifoso, mentre rivoli di acqua da pescheria scorrono tra i loro piedi.»

«C'è forse qualcosa che ti angoscia, cara?»

«Nulla, dico solo quello che penso.»

«Fai bene Tanja Schwarz. Va' a mangiare dove vuoi.»

La ragazza gettò il telefonino sul tavolo e voltò la testa da un lato, poi dall'altro. Stava litigando con se stessa o con lui? Ogni volta che si litiga, si rischia di non sapere con chi.

Qualche volta, con poca forza nelle mani, Tanja aveva giocato a cercare le risposte nelle facce dei passanti. Poteva riuscirci, oppure no, dipendeva dalla sua fantasia e dalla capacità di ricreare immagini giuste. Tanja si chiese cosa fosse la sua angoscia. Provare un sentimento nuovo non dà alcuna garanzia di conoscerne il nome. Nel suo caso, si trattava di quella paura di non riconoscere oggetti già visti a causa di un deficit della sfera affettiva, più propriamente definita angoscia. Decise di liberarsene alzandosi e avviandosi verso l'Acropolis.

Arrivò al cospetto del primo edificio templare, la cui iscrizione di ferro dava il titolo a questa storia. L'Acropolis si ergeva davanti a un cielo blu cobalto, le stelle trasparenti del pomeriggio stuzzicarono le fantasie di Tanja invogliandola a entrare. Ma restò ancora qualche minuto a studiarne i profili netti all'imbrunire di un sabato che avrebbe ricordato a lungo e sentì il vento venire su da rue Barla, affollata da automobili e cani. Tanja odiava i rumori del traffico; era una delle ragioni per cui, otto mesi prima degli omicidi, aveva accettato il lavoro a bordo del V.

L'ingresso ai padiglioni era defilato, si trovava sotto la parete di specchi che la riflesse come una bambina ai cancelli di una scuola nuova. Mentre la ragazza lo varcava, una nuvola fece ombra sulla porta.

Si presentò alla reception e disse:

«Mi chiamo Tanja Schwarz, sono una giornalista. Sono qui per il congresso medico di lunedì, il Salone Internazionale sul diabete.»

«Signorina: oggi è sabato.»

«Lo so, ma non è per assistervi che gliene sto parlando.»

«Il congresso sul diabete non si è più tenuto.»

«Per quale motivo?»

«Per diversi motivi che non sono autorizzato a rivelare.»

Il guardiano era un uomo con il sogno di imparare a dire la verità come se fosse una bugia. Fu Tanja a ispirarlo; era già rassegnato a trascorrere un'altra giornata nello stesso posto, vedere la stessa gente alla stessa identica ora, quando era entrata quella donna con gli occhi del colore delle nuvole. Chiunque avrebbe ceduto allo sguardo curioso che chiedeva verità. La verità è il sogno di qualunque bugiardo.

«Le dicevo, signorina, che il Salone doveva tenersi lunedì mattina ma è stato rinviato a data ancora da stabilirsi.»

«Deve essersi trattato di un imprevisto piuttosto grave.»

«Gravissimo, il più grave che esista.»

«Come la morte?»

«Grave e irrimediabile come la morte.»

Tutti avevano letto i giornali o assistito ai funerali di Sarrazino sulla collina. Quei due sapevano cos'era successo, ma giocavano a non dirselo.

«Posso vedere i dépliant per i visitatori? Ne erano previsti molti?»

«Di dépliant? Diecimila.»

«No, di visitatori.»

«Sì, l'Apollon era pieno.»

«Quindi si è trattato di un imprevisto dell'ultimo minuto?»

«Esatto signorina. Per quale giornale ha detto che lavora?»

«Per il National-Paraskevopoulos.»

«Non l'ho mai sentito.»

«È un giornale nuovo, si occupa di gossip e cronaca rosa.»

«Allora questa storia non le interesserà, non c'è nulla di rosa nel congresso sul diabete.»

«Oh, invece sì, mi creda...»

Tanja seguì il guardiano in un ufficio al terzo livello, la moquette grigia e le porte di un arancione pallido erano scialbe e silenziose. Le scale mobili si azionarono pigramente. In cima, i loro sguardi si incrociarono e decisero che era arrivato il momento di essere onesti.

«Venga con me, le mostro il programma di lunedì.»

«Aveva detto che non ne era tenuto.»

«Lo so, ma se mi promette di citarmi nel suo articolo, lo farò. Ecco, guardi.» Il guardiano le porse i dépliant. «Sono quasi tutti qui.»

«Che cosa ne farete?» chiese Tanja.

«Li butteremo, o ci faremo la cartapesta per il presepe.»

Tanja rise, poi s'incupì e domandò: «Questa non è la brochure distribuita al pubblico.»

«No, è una scaletta che hanno avuto i relatori.»

Per un momento Tanja si dimenticò di Vicky e Paraskevopoulos. Scannerizzò velocemente la prima pagina concentrando lo sguardo sulle parole chiave; sembrava che fosse diventata una vera giornalista.

XXX° SALONE INTERNAZIONALE SUL DIABETE

Acropolis - Palazzo dei Congressi

(Ingresso gratuito)

Programma di Lunedì 3 Maggio

9h00   Dottor Sarrazino. Punto di vista della
Chiesa.

Ricerche condotte dalla Facoltà di Medicina.

Due domande al dottor Flores del Saint Roch.

9h30   Dottor Divizio (A.S.L. Milano).

Investimenti dei laboratori farmaceutici italiani e monegaschi.

Attuali cure in commercio.

Nuovo farmaco miracoloso della MC Lab.

10h00   Dottor Costa (Università di Lisbona).

Ricerche sulla proteina estratta dallo sperma del pesce Cometa.

11h00   Dibattito con il pubblico.

Traduttori e interpreti nell'Apollon per le 10h00.

11h30   Rinfresco nell'Agora.

Previsti pasticcini per 700 persone.

IX

Hotel Wilson

Sabato, ore 19:45

Di Mello e Olivier Flores andarono al Wilson verso sera. Anche loro, come Tanja, avevano passeggiato a lungo. Nizza quindi era piena di gente che passeggiava.

Chamonier li accolse con la bocca piena, stava mangiando gli ultimi biscotti. La polizia lo aveva lasciato finalmente in pace; per il momento pareva che seguissero altre piste. Flores introdusse Di Mello nella sala colazioni dell'hotel, dove Chamonier li aspettava in piedi.

«Siamo venuti appena possibile, là fuori è pieno di flics. Le presento il medico legale Vicky Di Mello.»

«Dottor Di Mello, Agapi è sparita.»

«Quella ragazza non è sparita, Chamonier. Lei sa benissimo dov'è.»

Flores sembrava non capire, in realtà non gli importava.

«Anche lei parla come questo qui. Ma che cosa avete voi medici?, scrivete in maniera incomprensibile e vi esprimete anche peggio.»

«Ogni volta che Flores glielo ha chiesto, lei non gliel'ha mai mostrata perché non era qui.»

«È stata una coincidenza, che diamine!» urlò Chamonier con la sua voce stridula da bambino.

«Lo spieghi a lui, che si ostina a cercare la ragazza greca anche in posti dove non dovrebbe ficcare il naso; non è vero Flores?»

«Siete tutti troppo misteriosi,» disse Chamonier, «così presi da quello che dite, da dimenticare cosa dite.»

«Talvolta è così,» ripose Flores.

Andarono avanti per un'ora, Di Mello non demordeva. Flores lo aveva portato con sé perché sperava di cavargli qualche informazione riguardo alla storia della Schwarz e del ricco Paraskevopoulos. Forse il medico legale si sarebbe intenerito davanti ai biscotti alla cannella; ma così non fu.

La conversazione tra Di Mello e Chamonier, due uomini sulla soglia di una nuova vita, – il primo per scelta, il secondo per sfortuna, – proseguì pressappoco così:

«In realtà sono qui perché le devo delle scuse Chamonier.»

«Scuse?, di che genere?»

«Vede, indirettamente, sono anche io responsabile di quello che è successo.»

«Una risposta che non mi aiuta a riavere indietro il mio albergo. Ma non importa dottore, anche lei non fa altro che confondermi le idee.»

«Di cosa si preoccupa Chamonier?»

«Di tutto. Da lunedì non faccio altro che preoccuparmi, ed ecco qui il risultato: nastri gialli dappertutto, clienti spariti, ammazzati, clienti senza nome e medici enigmisti.»

«Questo lo consideriamo come un complimento.»

Flores non intervenne; quella non era la sua parte. Aveva in testa il ritorno imminente della moglie.

«Quindi, dottore, io non devo far altro che aspettare?» chiese Chamonier.

«Proprio così. Abbia pazienza.»

Rimasero al tavolo delle colazioni, ora vuoto. Gli uccellini non erano lì quella sera, ma Chamonier assicurò che sarebbero ritornati perché ormai il pericolo era passato e lui aveva sempre le briciole pronte. Dalla veranda spirava un'aria rarefatta; da quando non c'erano più i clienti, la vita in quel posto entrava solamente per metà.

«Lei sa quello che succede nel mio ospedale?»

«Ah, non è il *suo* ospedale signor-ex-dottor-Di-Mello. Lei ci lavora solo un paio di volte a settimana.»

«Che ne sa?»

«Ho fatto l'albergatore per più di un decennio nello stesso quartiere, ne so più di voi due messi insieme.»

«È vero, non sono io il direttore, ma tra noi medici si usa dire così. Uno specialista può esercitare in ospedale e avere allo stesso tempo incarichi dal Dipartimento e da Roblot, come me.»

«Tra voi medici, tra voi medici… Ma non aveva dato le dimissioni?»

Di Mello guardò Flores di sbieco. Il ragazzo si giustificò con un sorriso come per dire: lo sanno tutti ormai, non se la prenda con me! E uscì in terrazza a scrutare il cielo alla ricerca dei passerotti sopravvissuti.

Di Mello continuò: «D'accordo, Chamonier. Se vogliamo parlare chiaro, che cosa mi dice del suo amichetto muto dal Settantotto, partito per Parigi l'altro giorno?»

«Lui…»

«Lui, per poco non ci spediva in un dirupo del parco di Valrose!»

«Che ci facevate lassù?, non potevate passeggiare in

pianura come tutta la gente normale?»

«Ma che c'entra, Chamonier!, il punto è che il tizio che seguiva Flores era un assassino!»

«D'accordo, ora le racconto tutto.»

Chamonier rideva; anche Flores, che si voltò verso di loro, sembrò divertirsi a sentire qualcosa che aveva già sentito. Di Mello, appena entrato nel loro mondo illogico, invece, ascoltò per fame e curiosità.

«È molto semplice dottore: quando quell'uomo con la barba vestito come un conduttore dell'autobus si è presentato in hotel, mi ha raccontato di essere ricercato e che aveva bisogno di una camera sicura. Ora, deve sapere che nel mio albergo può – beh, poteva – venirci chiunque e nascondersi per tutto il tempo che voleva, a patto che mi pagasse in anticipo e non si portasse la polizia nel letto.»

«La polizia nel letto…»

«Lo lasci finire, lui parla sempre così,» intervenne Flores.

«Le dicevo, caro-ormai-ex-dottor-Di-Mello, che quel signore mi ha pregato di tenerlo nascosto e di raccontare che era il mio fratellino muto dal 1978. Bene, la mattina dopo è successo tutto quello che è successo. Se lo immagina!, io devo aver detto un po' di bugie, lo ammetto. Quel barbone orribilmente vestito non era affatto mio fratello, figuriamoci!, con quelle scarpe! Ma non me la sentivo di svelare le identità dei miei clienti segreti.»

«Clienti segreti...» ripeté ancora Di Mello con la bocca asciutta.

«Chiamavo così quelli come il tizio con la barba. Certe persone non vogliono registrare il proprio nome.»

«Lei come fa a riconoscerle?»

«Gliel'ho detto dottore: io so tutto su questo quartiere di matti, anche se ormai non ce n'è più bisogno.»

«Però non sapeva che quell'uomo avrebbe seguito Flores e tentato di farci il servizio al parco di Valrose, tra le anatre?»

«No, non so nulla delle anatre. Tutto quello che sapevo l'ho raccontato al dottore, che adesso è anche un mio amico privilegiato.»

«E perché mai?»

«Perché è sopravvissuto, benché ci fosse anche lui nella lista degli invitati al Roblot. Lei dovrebbe saperlo...»

«Lasci perdere quello che so io.»

Di Mello era visibilmente scosso; dava l'impressione di non voler perdere qualcosa che faticava a cercare. In realtà, nella sua testa c'era soltanto Tanja.

Chamonier guardò Olivier Flores, ammiccò, poi rispose:

«Non capisco perché non posso giocare anch'io a fare l'investigatore.»

«Chamonier, lei è davvero pazzo. Nessuno qui sta

giocando. Flores, digli qualcosa anche tu!»

Flores, nascondendo a fatica il divertimento che gli stava solleticando il palato, si avvicinò, posò sul tavolo il quaderno del Wilson, e disse:

«È inutile, non siamo venuti per far rinsavire quest'uomo. Voleva porgergli le sue scuse, ci è riuscito?»

«Non è facile, soprattutto quando non si può rivelare il perché ci si scusa.»

«Ma tutti e tre conosciamo il perché, non è così?»

Di Mello guardò Chamonier, un po' sospettoso. Chamonier guardò Olivier Flores con la luce negli occhi. Flores sorrise a entrambi. Sì, tutti e tre sapevano il perché.

*

Medicina Legale

Sabato, ore 18:00

A volte, per andare in una direzione siamo costretti ad andare prima in un'altra all'apparenza opposta.

Tanja Schwarz era vestita di bianco, aveva una suite anche stavolta; la condivideva col ricco Paraskevopoulos. La giovane purser, quel sabato sera, senza cenare, si ritirò in hotel e aspettò. Era esausta, aveva camminato per tutto il giorno. All'Acropolis, aveva avuto quell'incontro insolito col guardiano che le aveva mostrato il programma del congresso; le vetrate del primo piano avevano riflesso la sua meravigliosa espressione di stupore. Infine, prima di andare in hotel, era passata alla Medicina Legale e aveva incontrato l'infermiera con gli occhiali rossi che già conosciamo, con la quale aveva avuto il seguente scambio di battute:

«Sono in città per il fine settimana; cercavo il dottore.»

«Vuole un caffè? Di quale dottore si tratta?, ce ne sono tanti.»

«Vicky Di Mello. Lei sa che non bevo caffè.»

«È vero, che sbadata!, tutti lo sappiamo.»

«Vicky non è qui?»

«Sarà in giro con il suo collega più giovane, quel bel tipo straniero. Saranno andati a giocare a golf.»

I loro occhi però, come occhi di un quadro dipinto da polsi diversi, s'erano detti ben altro.

"Guarda chi si vede!, la biondina, l'amante svizzera del dottor Di Mello…"

"Che hai da fissarmi?!"

"Arrivi tutta sorridente e ti aspetti che noi ridiamo con te! Cerchi il tuo Vicky, non è vero?"

"Lo sai bene chi sto cercando."

"Tutti lo sanno."

"Ovviamente tu non sai se Vicky è qui!"

"*Vicky* mi ha lasciato un mucchio di lavoro da sbrigare, non ho neanche il tempo di bere un caffè! Va' a cercartelo ai campi da golf il tuo dottorino legale!"

Mentre tornava in hotel, Tanja ripensò ai tramonti visti dallo yacht. Il cielo rosso di Singapore, quel giallo-arancio sulle case di calce sul Mediterraneo, le distese verdi africane,

e adesso il sole arrugginito dietro l'aeroporto, che la rilassava; nulla rimaneva appiattito dalla luce, neanche le ombre del suo vestito pregiato.

Di Mello non le aveva neanche accennato l'argomento "Paraskevopoulus" quando si erano visti; il medico era talmente distratto dalla storia di Flores da non rendersi conto che anche lui e la ragazza erano coinvolti.

Il concierge le diede il benvenuto, le annunciò con discrezione il numero della suite e la fece accompagnare dal ragazzo più giovane – filosofo e facchino già descritto – benché non avesse bagagli. L'hotel era pieno; un viavai di uomini d'affari con poca fantasia e belle donne con molte pretese donava all'ambiente quell'artificiosità di cui Nizza si vantava tanto in quell'epoca.

La solita camera, la vista sul mare, i cioccolatini svizzeri sul cuscino. Si erano messi tutti d'accordo? Le sembrava di essere l'oggetto della cordialità tra il concierge e i suoi clienti, uomini: una cospirazione! L'amore non era neanche questo.

Dalla finestra della suite 802 si vedevano il castello e la baia. Tanja accostò le tende con lo stesso gesto di un'attrice che chiude il sipario; sbuffò. Ora che era stata all'Acropolis e aveva letto di cosa avrebbero parlato i medici assassinati, anche lei sapeva come sarebbe andata a finire questa storia. Sbuffò, quindi, e si sfilò il vestito per farsi un bagno lungo e silenzioso.

*

Hotel Meridien

Ore 23:00

Paraskevopoulos tornò ubriaco alle undici; lei era seduta sulla terrazza, guardava il buio.

«Non sei venuta a mangiare le ostriche,» le chiese.

«Puzzavano?»

«Un po'. Ma è una puzza che noialtri amiamo molto, Tanja.»

«Lo so, lo so. Voi, noi, tu, io.»

Impossibile capire che cosa provava lei a giudicare dagli occhi: erano imperscrutabili e di incerto colore.

«Mi chiedo – è da quando ti conosco che me lo chiedo – perché hai accettato di lavorare per me, Tanja Schwarz, perché hai accettato di venire qui domenica scorsa e soprattutto mi chiedo perché mai hai accettato di...»

Tanja era stanca, aveva viaggiato troppo in pochi

giorni; i fusi orari le avevano scombussolato l'equilibrio biologico e l'umore. Ripensò ai porti privati, dove la conoscevano tutti.

«Sta' zitto!» ordinò.

Ripensò alle barche che si erano interposte tra lei e il mare, alberi e vele che assomigliavano a schiere di palazzi in città; agli hotel; alle camere che avevano sempre quello stesso odore di sterile pulito. Infine, ripensò a Vicky Di Mello e alle sue ultime parole: la sto smettendo con tante storie.

Tanja Schwarz spalancò gli occhi e si alzò, era nuda ma si mosse con la sofisticatezza di chi va in giro con un tailleur e le autoreggenti. Il ghiaccio nel bicchiere che aveva in mano era diventato più piccolo: i bicchieri di chi pensa troppo diventano sempre così e i cubetti fanno meno rumore. L'aura notturna dietro alle sue spalle brillò come se avessero acceso le luci sul mare. Con un filo di voce senza alcun tono, sussurrò: «Parlare con te adesso ha il valore dei fiori appassiti nel lavandino.»

«Perché mai?» chiese Paraskevopoulos, il quale in fondo poneva sempre domande facili e si aspettava risposte altrettanto facili.

«Perché sei ubriaco e puzzi di ostriche,» rispose Tanja con la sua voce bassa. Poi aggiunse: «Non hai trovato amichette disponibili stasera?»

«Io non ho *amichette*, Tanja. Che cosa ti viene in mente?, cos'hai adesso?»

«Adesso, è finito il tuo valzer a sei mani.»

«Stasera sei una poetessa. Anche se sono ubriaco, capisco tutte le tue metafore Tanja Schwarz.»

«Niente più metafore. Domani io e te lasceremo questo posto per sempre, tu tornerai nella tua bella villa a Monaco e io...»

«E tu tra le braccia del tuo dottore legale. Ma perché non vai via adesso?, che cosa ci fai qui, nuda, a prendermi in giro?!»

«Vuoi che te lo disegni su una lavagnetta?» rispose lei mentre chiudeva gli occhi e si lasciava baciare sul collo.

Era tardi, Tanja sentì l'odore forte dei molluschi entrare nella sua bocca e lo aveva deciso lei.

Per andare in una direzione talvolta si va prima in quella opposta.

L'arredamento scarno dei ricchi le diede la nausea. Il letto era grigio e bordeaux; Tanja non volle toccarlo, attirò il proprietario del V sulla terrazza, si misero su una delle sdraio robuste dei ricchi.

La ragazza aveva dormito con Di Mello in quell'albergo, forse in quella stessa camera, e su un letto identico a quello avevano trascorso lunghe notti rubate. Erano suoi segreti, Tanja non li avrebbe condivisi con nessuno; i ricordi appartenevano soltanto a lei, e anche le vendette...

Il petto le palpitava, gradualmente si andava indebolendo e si arrendeva al suo bisogno compulsivo di felicità.

*

Café de Turin

Ore 21:00

Olivier Flores tentò invano di telefonare a sua moglie: ogni volta che si avvicinava la fine del tour lei non rispondeva mai. Adesso Flores si chiedeva che cosa si sarebbe inventato quando la moglie avrebbe scoperto cos'era successo quella settimana. A vederlo così, con il quaderno del Wilson in mano, sembrava che fosse ancora lunedì e che stesse andando all'Acropolis per il congresso.

A questo punto, occorrerà parlare di un incontro fondamentale per la comprensione dei fatti: quello tra Olivier Flores e il milionario Paraskevopoulos.

Appena uscito dal Wilson, come al solito Flores si sentiva ben predisposto ai rapporti interpersonali; merito di Chamonier e di tutte quelle chiacchiere. S'incamminò verso Place Garibaldi; era attirato dall'odore del pesce all'angolo del Café de Turin, come un gabbiano che sa in quale mercato andare per gli scarti e in quali giorni della settimana. Lì, a un tavolino discreto in fondo alle arcate, era seduto Paraskevopoulos, da solo, nascosto dietro tre vassoi di ostriche impilati l'uno sull'altro come le fondamenta di un palazzo di cattivo gusto.

Tra il secondo e il terzo ripiano, Flores scovò gli occhi del greco. Gli si presentò davanti, non disse nulla. Paraskevopoulos stava bevendo champagne rosé, lo invitò a sedersi pulendosi le dita con una salvietta profumata al limone. Il gusto acre di quelle mani che indicarono la sedia vuota arrivò alle narici di Flores e le stuzzicò fino a farlo starnutire.

«Raffreddato?» chiese il greco.

«Scampato a un grosso raffreddore. Grazie per i soldi che mi hai inviato, mi hanno fatto comodo.»

«Non c'è di che. Hai una macchia di rossetto sulla maglietta.»

«Non è rossetto,» ripeté il ragazzo. Non rideva come al suo solito, teneva le labbra chiuse.

«Gradisci un'ostrica con del limone di Menton?»

«Come fai a sapere che i limoni vengono da Menton?»

«Li ordina Tanja per me, ogni volta che veniamo; vanno a comprarli apposta. Basta pagare.»

«Sono molto gentili, ti adorano.»

«Tu mi imbarazzi, non farmi tanti complimenti o rischio di arrossire.»

«Non si noterà; sei già rosso per natura. Allora, come è andato il viaggio?, dov'è la tua affascinante purser svizzera della quale mi hai tanto parlato?»

«Quella lì è in giro alla ricerca della sua anima gemella; non credo che vorrà continuare a lavorare sul V. Ma si sa, una purser va, una purser viene...»

«Non ti mancherà neanche un po'?»

Paraskevopoulus rise e gli cadde un pezzo di pesce dalla bocca. Poi rispose: «Io sono ricco. Ai ricchi non manca mai nulla.»

Flores si mise più comodo e disse:

«Spiegami perché ho rischiato di morire durante questa bella messa in scena. Se avessi saputo che il tuo cocktail sarebbe finito anche nella mia tazza, non avrei mai accettato di andare a trascorrere quello stupendo soggiorno senza il bagno in camera!»

«Aspetta un momento. Tu sei più in forma di prima.»

«Me la sono vista brutta per due giorni, credevo di morire. Se non fosse stato per le pillole del medico legale, forse a quest'ora sarei nella mia celletta di ferro al Roblot!»

«Non lasciarti impressionare. I corpi di Sarrazino e Costa erano come un libro aperto per un medico esperto come lui.»

«Stavo per finire nella cella accanto a Sarrazino, brutto greco pazzo!!! Come facevi a essere sicuro che Di Mello non avrebbe rivelato nulla alla polizia?, quel poveretto ha persino abbandonato il suo incarico dopo aver mentito per quelle autopsie. Una questione di coscienza, mi ha detto.»

«Io direi piuttosto, una questione di letto. Se vedessi Tanja, capiresti mio caro Olivier Flores.» Cambiando argomento, il greco disse: «A proposito di belle donne, quando tornerà tua moglie da Atene?»

«Domani, credo. Lei non sa degli omicidi, non le

racconterò nulla.»

«Come vuoi. Ma si accorgerà che al vostro conto corrente si sono aggiunti un po' di zeri.»

«Le dirò che ho vinto il Premio Nobel per la Medicina.»

Risero talmente forte che i clienti del tavolo accanto si voltarono per esprimere la tipica indignazione di chi paga tanto per mangiare in silenzio.

«Che cosa porti con te, in quel quadernetto?»

Paraskevopoulos pareva più rosso mentre si appassionava a ciò che era accaduto in sua assenza. Sembrava che tra Flores e lui ci fosse un solido rapporto di amicizia perché non badavano alla lunghezza delle pause tra una frase e l'altra. Si guardavano in giro come se fossero da soli, appoggiati allo schienale della propria sedia, uno con le spalle, l'altro con un gomito.

«Ho raccolto gli articoli sulla morte di Sarrazino,» continuò Flores, «e quelli sull'omicidio del parco di Valrose; in entrambi c'è scritto il mio nome in grassetto. Quel loquace ed elegante tizio con la barba aveva persino i miei documenti addosso quando lo hanno ritrovato in fondo alla scarpata. Li aveva rubati dal mio armadietto, in piscina. Altro che muto!»

«Non ti sarai offeso se ti ho fatto controllare dal mio defunto collaboratore?»

«Ormai è defunto, non importa più se mi stava controllando. Sapevo che non ti saresti fidato di me: voialtri non vi fidate di nessuno.»

«Come potevo!, i soldi piacciono a tutti... Anche a te.»

«Può essere, oppure può essere che io abbia accettato la tua proposta soltanto perché quando mia moglie è in tour mi annoio a morte.»

«Sei molto romantico...» disse il greco. Mentre si puliva la punta delle dita con le salviette profumate, continuò a interrogare il giovane medico per arrivare sazio alla fine del pranzo. «Mi ricordi Vasiliki, che continua a lamentarsi per il suo nome.»

«Il suo nome è sempre secondo nella lista, dev'essere frustrante.»

«Quella piccola ingorda! Le ho dedicato perfino il mio yacht. Perché credi che si chiami "V"?»

«Dovevo immaginarmelo. Per una donna cambieresti il nome a qualunque cosa.»

«Lascia perdere dottore, tu sei sposato, sei uno fedele, non le guardi neanche le altre ragazze.»

Flores continuò il suo resoconto:

«Ho visitato l'interno di Roblot per la prima volta in vita mia. Mai vista la morte così da vicino; i cadaveri mi hanno sempre fatto paura. Te lo avevo detto prima che questa storia incominciasse.»

«Roblot è parte di questa storia da prima che iniziasse,» disse il greco. Con una mano chiese altro rosé.

Flores disse: «Ho fatto quattro chiacchiere con

Sarrazino... Non pareva molto felice della sua parte.»

«Bello spettacolo?»

«Uno spettacolo schifoso, è morto vomitando sangue, non vedevo l'ora di venire fuori di lì.»

«Lo so, ho letto le autopsie. Ma sta' zitto. Non farti sentire. Questi camerieri hanno ottime orecchie e lingue sottili.»

«Che strano. Eppure vanno a comprare i limoni a Menton apposta per te.»

Inutile riportare le altre battute e le loro risate che non riusciremmo a descrivere con le parole concesse a questa relazione. Pareva chiaro che a quel tavolino erano sedute due persone provenienti da ambienti diversi. Il primo, studente modello, appassionato al suo lavoro. Il secondo, incapace di comprenderne il motivo. Eppure, con quella conversazione avevano dimostrato che nessuno dei due era ciò che sembrava a prima vista.

Flores indossava i pantaloni sportivi e la polo pulita da bravo ragazzo. Sul colletto aveva ancora quella macchiolina di sangue che sua moglie l'indomani avrebbe scambiato per rossetto.

*

Hotel Wilson

Sabato notte

Una parte molto interessante del lavoro di un medico è quella che trascorre di notte, da solo, quando prepara le relazioni per il Consiglio oppure, come in questo caso, per un importante evento come il Salone sul diabete. Non tutti hanno predilezione per la letteratura; molti si cimentano in lunghe dissertazioni che non hanno né capo né coda utilizzando una quantità spropositata di termini tecnici. Altri medici, invece, amano la ricerca della chiarezza e della semplicità; con poche parole sono capaci di spiegare concetti complessi. Manuel Costa era uno di questi.

Gli appunti del dottor Costa, tradotti dal portoghese, erano nel quaderno del Wilson, tra le mani di Flores. (A questo punto era chiaro per quale ragione Flores aveva mentito al buon Chamonier affermando di non capire il portoghese. Olivier Flores lo conosceva bene, era la sua lingua d'origine).

Flores, disteso sul divano, rilesse quegli appunti, una testimonianza di quanto era stato scoperto dall'equipe di Sarrazino. Una relazione preparata per centinaia di persone, e mai letta.

Appunti per il congresso del 3 maggio

Dottor Manuel Costa

Non so il perché, ma nel nostro campo ogni volta che sta per finire un decennio si tirano le somme di quanto si è scoperto e di come ci si è mossi sull'impervio cammino della

Ricerca per sconfiggere non solo le malattie ma anche la disonestà morale di taluni individui che giocano a fare i medici e che medici, infine, non sono.

Il mio nome è José Manuel Costa, mi sono laureato nell'università della mia città, dove tuttora lavoro. Mi occupo di ricerche in campo farmaceutico e persevero un unico obiettivo sin da quando ho prestato giuramento molti anni fa: la Verità.

Mi sono sempre chiesto per quale ragione la Medicina sia macchiata dalle menzogne, quelle più piccole come la promessa del gelato al bambino impaurito davanti all'ago o, ahimè!, quelle più grandi, delle quali ci occuperemo oggi.

I miei colleghi e io ci siamo dedicati a questa malattia per circa dodici anni. Sono note a voi tutti le iniziative del dottor Sarrazino; forse un po' meno quelle del collega italiano, il dottor Divizio, il quale a Monaco ha finanziato l'apertura del centro di ricerche della MC Lab, che ci ha permesso di raggiungere gli obiettivi prefissati almeno quindici anni fa; e ancor meno le mie, benché io non sia qui adesso per tessere le loro lodi o le mie. Al contrario: quando ci hanno proposto di esporre la nostra scoperta eravamo riluttanti. Si tratta di un farmaco non ancora immesso sul mercato, che abbiamo deciso di chiamare Cometex.

È stato durante i nostri lunghi scambi di dati e di opinioni, dunque, che ci siamo imbattuti nella scoperta che forse cambierà completamente il sistema di approccio terapeutico al diabete insulino-dipendente.

Cari colleghi, sappiamo che l'introduzione delle Insuline attualmente in commercio danneggia il sistema produttivo endocrino del pancreas, il quale a lungo andare non produce più Insulina a causa dell'equilibrio glicemico indotto.

La molecola che abbiamo scoperto si chiama Cometina. Si tratta di una proteina estratta dallo sperma di una specie di pesce rosso, il pesce Cometa, simile alla Protamina, già usata in unione all'Insulina.

La scoperta consiste nell'abbinamento non più con l'insulina ma con una proteina di origine vegetale con funzioni simili, contenuta nella Cannella.

La seconda scoperta della quale parleremo oggi riguarda invece la via di somministrazione: non più sottocute. Ma orale. Perché, a differenza dell'Insulina, la proteina della Cannella non viene né attaccata né distrutta dai succhi gastrici. Il Cometex non sopprime le funzioni del pancreas, ma conserva la funzionalità delle cellule nella produzione dell'Insulina.

Inoltre, dovete sapere che...

La casa farmaceutica che avrebbe messo in commercio il Cometex era la MC Lab, con sede a Fontvieille, Monaco. Era il laboratorio che aveva finanziato le ricerche. Ma qualcuno aveva impedito il lancio del medicinale. La relazione di Costa non era mai stata letta. Il computer di Sarrazino, gettato dalla finestra dell'hotel. E il congresso annullato all'ultimo momento in seguito alla notizia della loro morte.

La domanda era sempre la stessa: chi aveva interesse ad azzittire per sempre Costa Sarrazino e Divizio, e perché? Forse il colpevole era lunedì mattina in quel padiglione. In sala c'erano anche alcuni rappresentanti farmaceutici che avrebbero sorriso al dottor Costa, felici per l'affare che avrebbe fruttato a tutti loro montagne di ostriche, tante migliaia di ostriche dal profumo inebriante delle mutande sporche.

Se Tanja Schwarz le avesse viste, sarebbe svenuta per la nausea.

X

Domenica, ore 12:30

I gabbiani rubavano i croissant dai tavolini del Meridien. I resti del night club attaccato all'hotel diventavano i resti dell'amore. Tanja Schwarz comprò un paio di mutandine in uno dei negozi di avenue de Verdun e una camicetta azzurra che indossò subito. Quando lasciò per la seconda e ultima volta la suite, non portò con sé il vestito bianco utilizzato per il viaggio; lo lasciò per terra assieme agli asciugamani sporchi.

Guardò malavoglia le vetrine delle gioiellerie di lusso; infine, mangiò frutta fresca e yogurt bianco, seduta al tavolino di legno dello Scotch Tea House. La tovaglia di raso verde assunse sfumature più simili al colore incerto dei suoi occhi.

C'era molta luce e Tanja se ne compiacque dimostrando che, a essere così belli, si può diventare testimoni eccezionali della natura che entra in una storia. Da quel bar osservava l'ingresso dell'hotel tra le palme immobili dei giardini pubblici; si perdeva nell'andirivieni dei clienti e delle automobili tirate a lucido dai magri e svelti facchini. Sedeva con le gambe unite e le mani immobili sotto il mento, e fissava la porta automatica che non avrebbe varcato. Vicky Di Mello stava per arrivare: appuntamento al solito posto, all'una, nel bar della terrazza.

Dalla sua sedia, Tanja vedeva le vetrate della suite all'ottavo piano; vi si riflettevano le nuvole. L'intero edificio sembrava uno specchio che stava lì soltanto per riflettere qualcosa.

All'una in punto un gruppo di uomini in abiti eleganti arrivò a piedi e si fermò davanti all'ingresso per fumare sigarette corte e veloci. Poco dopo, si presentò al banchetto nero della conciergerie un ragazzo in tuta e scarpe da ginnastica, dal fisico atletico. Tanja non poté vedere il suo volto; le dava le spalle. Quello stesso ragazzo, che era sembrato capitare lì per caso durante il jogging, accolse Di Mello con una stretta di mano e una pacca sulla spalla. Quando Tanja lo vide, sentì sciogliersi tutti i formicolii delle gambe segnate dagli intrecci della paglia. Se fosse stata più vicina, avrebbe persino potuto ascoltare cosa si dicevano Di Mello e Olivier Flores:

«Bella giornata!»

«Davvero bella! Ti trovo sorridente più del solito, Flores. Hai finalmente riabbracciato la tua

272

mogliettina?»

«Non ancora, dovrebbe arrivare oggi, mi chiamerà all'ultimo minuto come al suo solito.»

«Che cosa ci fai qui?»

«Passavo sulla Prom, correvo e l'ho vista. E lei?»

«Devo incontrare Tanja, parlare con lei di un po' di cose,» disse Di Mello guardando oltre il ragazzo. Sulla Promenade c'erano decine di giovani che correvano e che somigliavano a lui.

Flores parlò ancora, eccitato dall'affanno: «La chiamo più tardi dottore.»

«Cos'altro abbiamo da dirci tu ed io?, mi era sembrato che il tuo amico pazzo del Wilson ci avesse spiegato tutto ieri sera.»

«Tutto può essere detto senza dire nulla, non crede?»

Di Mello rispose: «Per natura io non credo.»

Flores lo salutò, proseguì lungo il marciapiede e sparì dietro l'angolo del McDonald.

Tanja osservò ancora. Incominciava a pregustare le parole di Vicky, le immaginava, le aspettava da molto tempo ma non glielo aveva mai detto. Continuava ad avere i suoi occhi di vago colore fissi sull'hotel. Stava per decidersi a rientrare, anche se pochi minuti prima si era ripromessa il contrario. Ordinò un'altra macedonia, la sua voce parve neutra come quella di chi si è appena svegliato da un lungo e piatto sonno.

Pochi istanti dopo, ignaro di quello che stava accadendo, Di Mello salì all'ottavo piano e si sedette allo stesso tavolo dove aveva pranzato l'ultima volta con Tanja. I rumori erano ovattati e i materiali, moderni; tutti gli alberghi di un certo livello finiscono per assomigliarsi. La luce splendida di quella tranquilla domenica donò al medico legale l'inaspettata gioia del buon umore, tanto da dimenticare le morti e l'hotel. Adesso pensava soltanto a Tanja. Cercava di organizzare un discorso. Stavolta non bastava dire una cosa qualunque, come faceva con i suoi pazienti. Per incominciare, Tanja, a differenza loro, era viva.

A interrompere il suo flusso di pensieri, ci pensò Paraskevopoulos, il quale non aveva ancora lasciato l'hotel. Quelli come lui se la prendono comoda perché sono sempre gli altri, storditi dall'inebriante miraggio della ricchezza, ad adattarsi ai loro ritmi. Vide Di Mello arrivare e sedersi, un po' goffamente perché poco abituato agli ambienti chic. Le uniche occasioni in cui il medico aveva frequentato quel posto erano state le cene con Tanja. Il greco lo riconobbe e si avvicinò.

Di Mello disse, senza guardarlo negli occhi: «Vorrei aspettare una mia amica, ordineremo insieme.»

«Guardi che si sta confondendo di persona, dottore, non sono il cameriere.»

«Lo so, ma speravo che si fosse confuso anche lei.»

«Posso sedermi?» chiese il greco. Non aspettò la risposta e portò la sedia vicino a quella del medico.

«Sto aspettando Tanja.»

«Tanja non verrà, è andata via ieri dopo cena.»

«Avete trascorso una piacevole serata?»

«È andata via dopo la *mia* cena. Lei non ama le ostriche.»

«Non ama molte cose.»

Il naso del medico tremava come le narici di un cane con la rabbia.

Un vero cameriere domandò: «I signori vogliono ordinare?»

«Non abbiamo fame!, lasciaci in pace!» gridò il greco. Era a suo agio con il colore della sua pelle, che era un colore innaturale.

«È sempre così gentile?» chiese Di Mello.

«Odio i camerieri, dottore, fingono di sorridere anche quando li insulti. Se non lo facessero, noi milionari non saremmo così gradassi.»

«Lei crede di sapere tutto quello che pensa la gente: si sente uno scopritore di pensieri.»

«Frequentare lo psicologo le ha fatto male. Un uccellino mi ha detto che gli ha persino salvato la vita.»

«Lasci perdere gli uccellini. Ho fatto il mio dovere, sono un medico e non un assassino, come...»

«Come me?, è davvero convinto che io sia un

assassino?»

«Lei mi ha ricattato, mi ha costretto a mentire. Morte naturale... che idiozia!»

«Perché si è licenziato?» chiese il greco dando a intendere che con quella domanda sarebbe arrivato dove voleva lui, almeno su quella terrazza.

«Il mio assistente, Taouil, si è accorto che stavo dichiarando il falso,» spiegò il medico, «così, per comprare il suo silenzio gli ho offerto il mio posto dando le dimissioni. L'assistente diventa il capo e l'inserviente diventa assistente. Come su una giostra.»

«Credevo che si fosse dimesso per una questione di coscienza.»

«Non potevo continuare a esercitare in quell'ambiente, è stata una scelta obbligata. In ogni caso, i miei colleghi non smentiranno ciò che ho dichiarato. Tra noi medici esiste una sorta di codice.»

«È per questo codice che ha salvato la vita al dottor Flores? Che cosa gli ha dato?»

«Due aspirine, non aveva nulla. Ho fatto il mio dovere, come qualunque mio collega non corrotto. Che c'è! È deluso?»

«Affatto,» disse il greco. «È stato Flores a dire che lei lo ha salvato.»

«E l'ho fatto, al parco di Valrose, l'altra sera.»

«Lei si sente corrotto dottore?»

«Mi sento ricattato. La differenza è il mezzo con cui mi ha comprato.»

«Che importanza ha! Ciò che conta è comprare, non trova?»

Paraskevopoulus gridava come se fosse da solo sulla terrazza.

«Gliel'ho detto, io non amo lo shopping,» rispose Di Mello.

«Lei è davvero onesto, un brav'uomo tutto d'un pezzo. Adesso mi dirà che l'ha fatto soltanto in cambio di qualche notte d'amore nella mia suite all'ottavo piano.»

«Quella non è la sua suite!» urlò il medico, «l'ho pagata come un regolare cliente. Niente di ciò che c'era in quella camera le apparteneva!»

«S'infiamma come se fosse l'unico ad aver avuto Tanja come amante. Si segga dottore, si calmi. Non le va di ascoltare le mie storie di mare?»

«Che cosa vuole ancora da me?!, adesso che non sono più un medico e che le ho detto di non volere né i suoi soldi né le sue storie.»

«Vorrei togliermi un'ultima curiosità.»

Paraskevopoulos sembrava l'unico ad avere il diritto di togliersi delle curiosità. I suoi interrogatori si camuffavano da innocue conversazioni.

«Riguardo a cosa?» chiese Di Mello.

«Agapi.»

«Agapi sta bene.»

«Ma non m'importa niente della sua salute! A chi importa della salute di qualcun altro?»

«Alla gente normale, che prova affetti a lei sconosciuti. E a noi medici, che la preserviamo dalle malattie.» Di Mello fece una pausa, poi aggiunse: «Ho riflettuto molto in questi ultimi giorni e ho capito che la cosa più importante è che al più presto il Cometex verrà messo in commercio. I pazienti non sanno chi ci guadagna quando loro acquistano un medicinale. Forse ne hanno una vaga idea, ma a loro in fondo importa soltanto di essere curati. E questo per noi medici dovrebbe avere realmente importanza.»

«Il Cometex non verrà mai messo in commercio.»

Di Mello abbassò lo sguardo e si ricordò delle sue conversazioni con i pazienti morti, molto meno impegnative. Rispose: «Lo immaginavo.»

«Lei è così mansueto, mi ha fatto ricordare le lunghe passeggiate sulle colline col mio asinello Filopappo quando ero soltanto un bambino.»

«Lei aveva un asino?!»

«In Grecia molti bambini hanno un asino, è il giocattolo più economico che esista.»

«E cosa ne è stato del suo Filopappo?»

«L'ho mangiato. Un arrosto memorabile nel Cinquantadue. Dottore, non giriamoci intorno, lei sa cosa m'interessa sapere.»

«Vuole sapere se Agapi ha visto in faccia la persona che è entrata nelle camere dei medici domenica notte. È per questo che sul Nice Matin ha fatto scrivere che era pericolosa. Agapi è l'unica testimone. Non è così, greco pazzo?! Anche i miei colleghi erano pericolosi a causa di quello che avevano scoperto sulla Cometina?»

«Ebbene?»

«Può stare tranquillo. In quell'albergo le porte si aprivano e si chiudevano tutte le notti. Chiunque abbia visto quella persona, deve aver creduto che fosse, che fosse una prostituta, e che si fosse infilata nelle loro camere per, insomma per...»

«Lei è un tale puritano!, ha persino vergogna di dire come stanno le cose.»

«Adesso basta!»

Di Mello si alzò di nuovo e più velocemente. Non c'erano molti clienti e nessuno si accorse dei due pugni che il medico diede a Paraskevopoulos, il quale continuò a ridere anche mentre si asciugava il sangue dalle labbra con un tovagliolo pulito e guardò il medico ridendo. Di Mello si sentì addosso tutte le colpe, anche quelle degli altri. Il greco continuò a insultarlo anche quando rimase solo; sembrava che stesse insultando il mondo intero.

Il medico legale non aveva alcuna intenzione di credere alle storie di Paraskevopoulos; si disse che non avrebbe più creduto ad alcuna storia altrimenti sarebbe diventato esattamente come lui.

*

Promenade des Anglais

Ore 13:40

In attesa che sua moglie ritornasse, Flores continuava la sua corsetta sulla Promenade. Aveva un portamento elegante. La spiaggia era già affollata, benché molti indossassero ancora i vestiti e si bagnassero soltanto i piedi. L'idea che sul suo conto corrente sarebbero apparsi un paio di zeri in più era pietosamente allettante. Aveva ingannato tutti. Ed era diventato più ricco, vale a dire più simile a Paraskevopoulos. Olivier Flores, un tempo studente modello, era dunque l'anello di congiunzione tra la morte dei medici e il progetto del multimilionario.

Telefonò a Di Mello contravvenendo a quanto si erano appena detti. Lo trovò in uno stato di agitazione per il quale si sentì responsabile. Il medico legale, camminando, ascoltò tutto quello che Flores volle confessargli.

«Ho appena parlato con Paraskevopoulos,» disse Di Mello.

«E che cosa le ha detto?»

«Che anche a te piacciono le ostriche...»

Il ragazzo rivelò tutti i suoi trent'anni e gli rispose con meno voglia di giocare:

«Mi dispiace dottore. Nessuno annuncerà il lancio del farmaco della MC Lab. Il laboratorio antagonista, di cui non posso rivelare il nome e il cui maggior azionista è Paraskevopoulos, avrebbe subìto un danno irreversibile in quanto maggiore produttore di Insulina in Francia e Stati Uniti.»

«Quanto ti ha pagato?»

«Una parte delle sue azioni in borsa.»

«Avrei dovuto immaginare che c'era di mezzo qualcuno dell'equipe medica di Sarrazino...» Di Mello fece sentire al ragazzo tutto il ribrezzo che stava provando. Dopo qualche secondo di silenzio riprese: «Ad ogni modo. Se il farmaco funziona, non riuscirete a nasconderlo per molto.»

«Il farmaco non avrà efficacia e non sarà commercializzato. Io stesso ho manomesso la Cometina.»

«Che schifo, Flores! Tutto questo mi disgusta.»

«Ha ragione. Ma aspetti a disgustarsi. Dovrebbero essere i miei colleghi ricercatori e i loro amici informatori a disgustarla. Gli omicidi di domenica notte non sono l'esito di una guerra tra i laboratori. No! Peggio. Le nostre sono finte guerre, perché quelle azioni appartengono a tutte le case farmaceutiche che se le spartiscono come le carogne nella polvere e decidono ogni volta a chi tocca lanciare un nuovo medicinale. Con le buone o con le cattive. Sarrazino Costa e Divizio, con la loro dichiarazione, avrebbero rovinato tutto guastando questo equilibrio così perfetto.»

«Perfetto...» ripeté Di Mello con disprezzo. Aveva l'affanno.

«Lei non si rende conto dottore. Il Cometex avrebbe sostituito gli attuali farmaci a base di Insulina.»

«Mi rendo conto di essermi fatto manipolare da due pazzi! Tu avevi la fortuna di collaborare con l'equipe di Douglas Sarrazino, composta dai migliori medici che conoscessi, e ti sei venduto per quattro soldi.»

«Qualche settimana fa ho provato a parlare a Sarrazino. Eravamo alla MC Lab. Lui mi ha sorriso e mi ha detto che conosceva i rischi e che il Signore lo avrebbe protetto. Ma adesso è morto, una morte orribile, ha vomitato tutto il sangue che aveva in corpo e gettato via i vestiti perché doveva sentirsi bruciare vivo. Il Signore non può avere a che fare con tutto questo.»

Di Mello conosceva quei dettagli, non sortirono nessun effetto sul suo umore.

Infine Flores ammise:

«Non avrei dovuto fidarmi del greco. Nel laboratorio di rue Barla hanno effettuato esami ematochimici su uno dei passerotti morti nel Wilson. La chiacchierata col secco e tirchio Damiani mi è costata mille franchi.»

«E cosa le ha detto?»

«Che il cocktail era destinato anche a me. Ma la mia parte è finita in uno dei sottovasi, altrimenti a quest'ora sarei stecchito anch'io! Al mio posto, sono morti gli sprovveduti passerotti.»

«Che figlio di puttana...» gridò Di Mello.

«La saluto dottore. Sta per arrivare mia moglie.»

«Ti sei soltanto divertito,» urlò Di Mello prima di agganciare, rivelando a sua volta doti di buon psicologo. «Ti sei finalmente liberato di tutti gli anni trascorsi in squallidi alberghi come il Wilson. La tua è stata una vendetta postuma. Tutto è successo per un'assurda rivincita contro il tuo passato e la povertà in cui sei cresciuto.»

«Può essere,» ammise ancora il ragazzo. «Nonostante ciò, se non fossi profondamente pentito di quello che ho fatto, non le avrei confessato la verità. So che non le piacerà scoprirlo così. E so anche che l'avrò delusa, dottore. Un tempo sono stato fedele al nostro lavoro, come lei, ma tutto cambia: non esistono uomini buoni e uomini cattivi. Questo, come lei e io sappiamo, accade soltanto nei romanzi.»

*

Tanja, nel frattempo, si era avviata lungo la Promenade camminando ancora una volta senza sapere bene dove andare; non comprendeva più il suo corpo, le reazioni provocate dalla mancanza di sonno, la rabbia, o quel certo sentimento che le aveva fatto cambiare idea ancora una volta e le aveva dato la forza di dire di no. Aveva una certa predisposizione per le passeggiate lungo il mare. Perciò non poteva che trovarsi lì, in direzione porto, con i suoi vestiti nuovi addosso e le idee più chiare sul suo futuro.

Una giornata così limpida arrivò inaspettata come se al sud non ci fosse mai stato il sole; come se in un tavolino all'ombra apparisse all'improvviso un raggio di luce. Così, ai brividi provocati dal vento leggero del mare, sulla pelle della ragazza si alternarono dolci calori che la rasserenarono poco a poco. Aveva fatto bene a lasciare quell'hotel e a non accettare alcun invito. Né Vicky Di Mello né Paraskevopoulos avrebbero potuto capire cosa desiderava Tanja Schwarz in quel momento.

*

Finalmente la moglie di Olivier Flores telefonò. Disse che era in aeroporto, appena ritornata da Atene col gruppo di studenti. Flores rispose con una formula del genere: «Signora non c'è, signore uscito, lasciare me in pace.»

Stava superando il Parc Phoenix, aveva corso per un'ora; non aveva più capogiri. Adesso era soltanto un ragazzo in scarpette da ginnastica che faceva jogging sulla Promenade. Si appoggiò alle reti davanti ai velivoli privati e militari e chiuse gli occhi per godersi il sole che aveva di fronte. Telefonò anche a Chamarande. Nella sua voce ora si insidiavano piccoli significativi silenzi; rideva meno intensamente.

«Allora dottore, passa di qui a vedere Agapi o andrà in aeroporto a cercare sua moglie?»

«Sappiamo bene che soltanto una di queste due possibilità è reale.»

«Tutti gli avvenimenti sono reali, eppure nella stessa misura lo sono i sentimenti nonostante il profumo d'irrealtà che ci portiamo dentro. La saluto dottore, stia attento ai flics. Io vado a dare da mangiare ai passerotti.»

Chamonier Chamarande agganciò. Ora Flores aveva in mente solo il viso di sua moglie, perciò non volle insistere. Lo salutò senza che lui sentisse e proseguì verso l'aeroporto.

Nella hall degli arrivi del terminal II una pattuglia della Polizia Nazionale era già stata avvertita e lo stava aspettando per arrestarlo.

Come ci si sente a sapere di essere ricercati? A giudicare dalla sua espressione tranquilla, sembrava quasi che Olivier Flores avesse trascorso quella settimana a passeggiare sulla Promenade, guardando le pietre della spiaggia che sembravano monete di un artificioso tesoro, e che quanto era accaduto fosse soltanto frutto di invenzione, fantasie di un marito che si annoiava senza sua moglie. E se gli avessero chiesto adesso cos'era l'amore, almeno lui avrebbe saputo cosa rispondere.

*

Place Garibaldi

Ore 14:00

Quella domenica Agapi passeggiava in compagnia di Eleni e Vasiliki.

La più giovane delle amiche di Paraskevopoulos era Vasiliki, insicura per colpa del nome che veniva sempre secondo nella lista. Pochi giorni prima, quando aveva parlato con Flores, gli aveva chiesto di non giudicare male colui che compie cattive azioni. E Flores non lo aveva fatto.

Agapi, per la prima volta in questa storia, parlò così sotto gli archi di Place Garibaldi:

«Domani tutti quelli che leggeranno il Nice Matin, sapranno che Olivier Flores era uno dei complici di Paraskevopoulos. I flics gli chiederanno di noi e degli altri clienti del Wilson. Poi leggeranno l'articolo sulla mia scomparsa e cercheranno anche me. Qualcuno sa delle nostre borse?»

Vasiliki rispose: «Chamonier ci ospitava gratis; a lui lo abbiamo raccontato.»

Eleni le lasciò parlare. Era la più vecchia, la prima della fila, e camminava dando loro le spalle.

Agapi ripeté: «Chamonier non conta perché è pazzo. Allora. Dimmi.»

«Non ha frugato nessuno nella mia borsa. Non temere per la questione degli omicidi.»

«Quando i flics sapranno che eravamo amiche di Paraskevopoulos, vorranno interrogarci, vedrai.»

«Dipende tutto da quello che racconterà Olivier. Lui è ancora convinto che tu sia in Grecia con gli studenti?»

«Era bello che avesse le sue piccole illusioni. In fondo,

ci piaceva così,» disse Agapi. Adesso la sua voce non era più tanto divertente. Sembrava quasi che ridesse, ma si trattava di quei sorrisi tristi dopo un pianto.

«Forse è questo l'amore?» chiese Vasiliki alla sua amica.

«Non so,» rispose Agapi, «forse per ognuno è una cosa diversa.»

La piazza era piena di gente curiosa, gli artisti nizzardi esponevano i loro dipinti; quadri di paesaggi locali, della Provenza, fiori viola e gialli.

Vasiliki ed Eleni, assieme ad Agapi, passeggiavano sotto le arcate. Sembrava che camminassero nei campi di lavanda che quegli artisti avevano ritratto. Dopo una settimana di pioggia, finalmente, la città brillava sotto un sole grande e bianco. Le ragazze erano serene e, nonostante tutto, si scambiavano innocenti sorrisi come quelli delle bambine alla fine del gioco. Avevano vestiti costosi e borsette firmate, ancora chiuse. L'odore dei quadri non servì a distrarle dalle loro ritrovate armonie. Mentre volteggiavano tra la folla, Agapi comprese finalmente che la parte della città che avevano scelto era quella sbagliata. Osservò a lungo le finestre della piazza, tutte le finestre vuote, e si ricordò del suo monolocale sui giardini dell'asilo, di quella strana notte in cui nessuno sapeva cosa sarebbe accaduto. Se ne ricordò e accarezzò i capelli di Vasiliki, con la quale condivideva il segreto che era forse all'origine dell'intera vicenda.

Vasiliki si guardò attorno, attese un cenno di Eleni, e finalmente aprì la sua borsetta per riconsegnare ad

Agapi una chiave legata a una cordicella.

Senza parlare, si diressero in uno dei bar, quello accanto al cinema, sotto le arcate. I vecchi che giocavano a scacchi non alzarono neanche la testa; erano abituati al loro odore, come cani ammaestrati che riconoscono il padrone senza guardarlo. In fondo al locale, in un angolo, c'era la dispensa chiusa con un lucchetto. Il proprietario disse loro: «Finalmente...» E rimise la testa sui bicchieri sporchi.

Agapi aprì il lucchetto con la sua chiave, le ante di legno cigolarono quel tanto che bastava per emozionare tutte e tre. Sul ripiano più basso, mentre ridevano come bambine cattive, videro il barattolo di vetro nel quale nuotava, ignaro di tutta questa storia, il pesce Cometa sparito dall'acquario di Olivier Flores in quella notte con la luna rossa. Quel pesce, che Agapi aveva fatto sparire per ordine di Paraskevopoulos, portava con sé le scoperte eccezionali dell'equipe medica di Sarrazino, scoperte ormai inutili.

Dall'acqua torbida in cui nuotava, il pesce Cometa osservò i passanti, i quali spingevano e si insultavano allegramente; i loro sorrisi cortesi davano l'impressione della felicità.

*

Moyenne Corniche

Di Mello prese la direzione del porto con l'istinto misto alla voglia di rivedere Tanja. Mentirle per tutto quel tempo non era stata una buona idea. Se avesse saputo prima quali reazioni avrebbe provocato il suo comportamento, le avrebbe raccontato da subito del suo divorzio, del giovane medico dalla dubbia onestà e di cosa in realtà provasse quando trascorreva la notte con lei in quella suite all'ottavo piano.

Il mare bianco alla sua destra non diceva nulla di nuovo, la concentrazione del medico non gli permise di parlare con gli elementi che lo circondavano; era solo e pensava a Tanja. Non gli importava altro.

Proseguì fino al porto, la banchina sul lato opposto alla collina dello Château era immersa nella luce; un cargo stava liberando le manichette per il bunkeraggio, un'operazione che impegnava un paio di marinai. Il medico si guardò le scarpe e comprese quanta differenza c'era tra loro. Bastava scendere le scale che portavano agli attracchi per dimenticare la storia dell'hotel e delle autopsie? Forse sì, ma Di Mello non sapeva adoperare la sua immaginazione; poteva soltanto sperare che col tempo e con una vita semplice tutto si sarebbe dissolto sotto uno strato di vago annebbiamento, come un orizzonte che perde via via la sua lucidità.

Superò i vicoletti che davano sul boulevard Stalingrad e si tenne sempre sul lato del mare. Era sicuro di trovarla lì, a costo di continuare fino a Ventimiglia! Osservò le vecchie ville pericolanti e le nuove strutture prive di charme; le tende a strisce gialle e azzurre davano l'impressione che in quel posto si vendessero gelati su ogni balcone. E guardò dritto davanti a sé, fino alla strada in salita che spariva dietro la collina verde del Mont Boron. Si sentiva il profumo del pan bagnat che veniva dal chiosco all'angolo del boulevard e inseguiva chi passava di lì per un lungo tratto. Il medico non sapeva ancora cosa le avrebbe detto esattamente; sapeva soltanto che quella era la direzione in cui doveva andare. Stava ancora scuotendo la testa per le rivelazioni di Flores. L'odore di aceto del pan bagnat divenne disgustoso.

Alla fine della passeggiata, dopo aver superato la struttura rosa del vecchio seminario e le pietre bianche della Reserve, immacolate come se le avessero spazzolate di recente, incominciò a dubitare su ciò che stava facendo e si chiese se il dubbio fosse una parte necessaria di ogni buon ragionamento. Gli scogli erano maestosi, davano al mare un'aria selvaggia. Di Mello appoggiò una mano sulla balaustra ricoperta dell'invisibile melma salmastra portata dal vento, e continuò a osservare i bagnanti, quelli vicini, proprio sotto la strada, e quelli più lontani, arrampicati sugli scogli e sulle terrazze a picco sul mare, con la speranza di scoprire la figura inconfondibile della ragazza. L'avrebbe riconosciuta per i capelli corti e folti, oppure per il colore ambrato della pelle, o ancora per quel modo di restare composta anche nella sua intimità. Soltanto adesso Di Mello si rese conto di conoscere tanto bene Tanja Schwarz.

Si fermò prima della salita per il Mont Boron. Non aveva camminato molto, forse un'ora, ma la passione con cui l'aveva fatto, adesso gli provocava sete e stanchezza. La stessa sete che aveva provato a volte davanti a un caso complicato che richiedeva tutta la sua concentrazione. Scese gli scalini di due in due, rischiò di scivolare perché le sue scarpe non erano fatte per correre, forse neanche per camminare, ma per una vita sedentaria. Diede uno sguardo alle pietre, sulle quali allegre famiglie e discrete coppie di ragazzi si godevano quel primo sole d'estate, e con una mano sentì tutto il sudore della fronte divenire salsedine. Tanja non era lì.

Alle spalle del medico legale c'erano le piante sempre verdi tipiche della Cornice; cercò un po' di ombra e si sedette. Sorrise perché quella mattina aveva finalmente trovato il tempo e la voglia di cambiarsi i pantaloni. Vestiva alla sua solita maniera, come un dottore, benché non fosse più un dottore ma soltanto un uomo alla ricerca di una donna.

Un vecchio faceva il giro di una boa; sua moglie lo aspettava con un asciugamano nelle mani. Li osservò per un po', poi tornò a occuparsi di lui: decise di telefonarle. Sebbene Tanja non avesse risposto negli ultimi giorni e avessero parlato soltanto una volta, tentò ugualmente. Attese il suono dall'altra parte, attese, attese, guardò le onde grosse sugli scogli e la luce meno forte nei punti più profondi, e attese ancora. Ma Tanja non rispose; lo squillo si perse nell'acqua.

Dietro la vegetazione, Di Mello scoprì una terrazza; calpestò con le sue scarpe eleganti le pietre e la polvere e raggiunse la grossa murata di cinta a picco sul mare. Era circondato dal blu, aveva dimenticato Roblot e le autopsie. In lontananza, si vedeva la parte della città che aveva appena lasciato, la collina dello Château e la Promenade fino all'aeroporto. Più lontano, tutto era avvolto dalla luce. Si affacciò e sentì l'odore forte del mare; forse in quel momento comprese le ragioni di lei, le nostalgie, i giorni trascorsi senza usare il telefonino, quel lavoro sullo yacht per otto mesi di seguito senza alcuna vacanza. Forse per comprendere i sentimenti di Tanja, occorreva soltanto affacciarsi da quella terrazza. Si guardò le mani, erano pesanti, le immaginò di nuovo sulla ringhiera di rue Bonaparte; il pensiero di ritornare in quell'appartamentino, da solo, lo inorridì come la prima volta che aveva aperto il petto di un cadavere.

Con gli occhi chiusi, pensando a quanto era accaduto quella settimana, ebbe poi l'impressione di sentire un odore diverso da quello finora portato dal vento; Di Mello aveva pochi capelli ma un buon olfatto, che aveva resistito ai danni possibili del mentolo utilizzato nel suo mestiere. Sentì un profumo diverso ma già conosciuto. Come era possibile che, in quella moltitudine di colori e di arie che andavano e venivano, avesse sentito il profumo di Tanja e si fosse voltato nella sua direzione?

Non è necessario spiegarlo perché questa non doveva essere una storia d'amore, ma possiamo raccontare il seguito di quell'incontro, che andò pressappoco così:

«Perché non mi hai detto che avevi divorziato?»

«A te chi lo ha raccontato?»

«Un passerotto sopravvissuto alla strage del Wilson,» rispose la ragazza sorridendo. Poi chiese: «Come hai fatto a sapere che ero qui?»

«Ero sicuro che avresti seguito il mare.»

«E perché sei venuto a cercarmi?, da come ci siamo

lasciati l'ultima volta... Non ero neanche sicura che venissi all'appuntamento.»

«Fai troppe domande Tanja, non credevo di dover rispondere a un interrogatorio.»

«Sei buffo, il vento ti sposta quei pochi capelli che ti sono rimasti!»

Di Mello si passò velocemente una mano sulla testa buttando indietro un po' di anni, la sua calvizie era lieve e delicata, conseguenza dello stress. Si avvicinò a lei.

«Il proprietario del Wilson deve essere matto; quando ho parlato con lui mi ha raccontato che nel suo hotel nascondeva chiunque lo pagasse, senza chiedere i documenti. Mi rendo conto che la confusione di nomi e di clienti deve aver contribuito al caos che oggi ho nella testa. Ci sono cose, Tanja, che non possono essere vere, e tu lo sai. Ma allo stesso tempo, mi chiedo...» La ragazza si voltò e con gli occhi chiusi assaporò il caldo vento di inizio maggio. Non sapremo mai a che cosa stesse pensando mentre lui continuava così: «Insomma, questo Chamonier mi ha raccontato che in ogni camera lasciava un thermos col caffè e dei biscotti fatti in casa. Tanja, ho analizzato personalmente il corpo di Sarrazino: ho trovato tracce di solfato di cadmio, una dose letale che lo ha ucciso quella notte; ne sono sicuro. E sono altrettanto sicuro che il solfato fosse in quel caffè.»

Dopo una pausa che per lui durò un'eternità e per lei il tempo di riaprire gli occhi, il medico legale continuò:

«Quando mi hanno incaricato di eseguire quelle autopsie, ho capito immediatamente che sarebbe finita così, nel momento in cui mi hanno consegnato il certificato di morte e ho letto il nome dell'hotel. Lo stesso hotel in cui avevi dormito tu. Quello che è accaduto dopo, devi saperlo, altrimenti non saresti qui ma ancora a bordo dello yacht a guadagnare migliaia di dollari a settimana.»

«Non mi importa nulla dei suoi soldi!»

Di Mello respirò forte e finalmente le domandò:

«Hai rubato tu quelle autopsie dal mio computer?»

«Sì.»

«E hai messo il veleno nel caffè dei tre medici, non è così?»

«Sì Vicky.»

«Perché...» disse il medico, consapevole del fatto che quella domanda valesse vent'anni della sua carriera.

«Paraskevopoulos mi ha minacciata di farti del male. E, se tu hai falsificato quei documenti, vuol dire che ha ricattato anche te.»

Tanja rise, rise fortissimo, ma il vasto orizzonte ingoiò la sua risata come se fosse priva di suono, la risata di qualcuno in piedi davanti a un assordante treno in corsa.

Di Mello guardò la punta degli scogli che era rimasta asciutta. La terrazza aveva la forma circolare del palco di un teatro greco. Gli ricordò Valrose, dove si erano conosciuti – molto prima che la storia di Flores incominciasse – Tanja e lui. Da quel punto, lui vedeva tutta la città, la parte vera e quella falsa, prima e dopo la collina, il monumento ai caduti di guerra, la foschia sulla Promenade fino al faro del porto; tutto ciò che aveva davanti si chiamava Baia degli Angeli. Gli aghi bassi dei pini cadevano e si infilavano nelle morbide pietre sotto i suoi piedi; una vaga allegria arrivò al suo orecchio assieme a quel profumo.

Tanja era salita da una vecchia scalinata incastrata tra le rocce, che Di Mello non aveva neanche visto. L'amore per il mare e per i piccoli segreti come quella scala era la differenza tra loro due. Sotto la mano della ragazza, le mura diedero l'impressione di essere più delicate; d'un tratto avevano smesso di sorreggere secoli di storia, modellate dalla forma leggera della sua giovinezza. Sulle dita di Tanja non c'erano più gioielli; Di Mello se ne accorse facendo appello a tutte le sue capacità di osservazione, ne aveva bisogno. Intanto il vento cambiava direzione e portava via il profumo con tutti i suoi significati.

Tanja lo guardava con attese semplici negli occhi, aspettava che fosse lui a parlare. Ma ce n'era davvero bisogno? Non sembrava sorpresa, come se lo stesse aspettando per il loro appuntamento all'una nel posto convenuto, senza alcun cambiamento.

«Tu conosci una certa Agapi?» le chiese infine il medico.

«Sì. Era una delle amiche di Paraskevopoulus. La moglie di Olivier Flores, lo psicologo. Perché me lo chiedi?»

Di Mello sorrise e disse: «Sai che in greco Agapi vuol dire Amore?»

«Certo, lo sapevo...» rispose la ragazza.

La compostezza del medico legale Vicky Di Mello era fuori luogo, non era abituato alla luce forte del sole. Tanja lo studiò discretamente, in quella posizione rigida, con i vestiti formali. Gli accarezzò il viso ruvido, infondendogli la dolce convinzione che fosse l'unico che aveva accarezzato in vita sua, e gli rubò la sigaretta che teneva in bocca. Avrebbe potuto rubargli qualunque cosa: lui non se ne sarebbe neanche accorto.

Café Sully, Place Garibaldi, inverno del 2012

L'AUTORE

Frank Iodice è autore dei romanzi "Anne et Anne" (2003); "KINDO" (2011); "Acropolis" (2012); "Gli appunti necessari" (2013); "I disinnamorati" (2013); "Le api di ghiaccio" (2014); "Un perfetto idiota" (2017); "Matroneum" (2018); "La meccanica dei sentimenti" (2018); e delle raccolte di racconti "La fabbrica delle ragazze" (2006); "La Catedral del tango" (2014).

10.000 copie del suo "Breve dialogo sulla felicità con Pepe Mujica" sono state distribuite gratuitamente nelle scuole.

Il suo blog è **frankiodice.it**

46857892R00176

Printed in Poland
by Amazon Fulfillment
Poland Sp. z o.o., Wrocław